frank boger

ortsgespräch

ein geschwafel

alle rechte beim autor
1. auflage 2001
herstellung: books on demand gmbh
ISBN   3-8311-2461-2

Den Surrealismus als solchen gibt es nicht mehr.
Der Surrealismus ist ins Leben übergegangen.

LUIS BUÑUEL

JA, LÜDER WAR SCHON EINE SONDERBARE MARKE, im Grunde war er ein armes Schwein, ein armer Hund, der sich selbst im Wege stand, warum, schwer zu sagen, vielleicht, weil er starrköpfig war, weil er seine eigenen Maßstäbe setzte und sie durchhalten wollte, klar, ein Mann mit Prinzipien war er, immer schon, aber was nützen Prinzipien, wenn sie einen zugrunde richten, wir setzen uns doch alle Ziele, nicht wahr, Du genauso wie ich, das ist doch der eigentliche Daseinszweck, nicht, daß wir uns Ziele setzen und sie zu erreichen versuchen, doch, das hat Lüder schon getan, aber er hatte da manchmal seine eigene Sicht, normalerweise kräht doch in unserer Gesellschaft kein Hahn danach, wie Du das Ziel erreichst, oder, hab' ich Recht, Hauptsache, Du erreichst Dein Ziel, wie, das interessiert doch nicht die Bohne, sofern Du nicht gerade über Leichen gehst, für uns alle steht doch das Ziel im Vordergrund, klar, wir wollen es ja erreichen, Erfolg haben, ja, Lüder war anders, Lüder hat oft gesagt, auf das Mittel komme es an, und meistens hat er das Mittel höher bewertet als das Ziel, und wenn ihm das Mittel nicht zusagte, dann hat er das Ziel aufgegeben und auf den möglichen Erfolg verzichtet, doch, hat er, das war eben Lüder, und daran ist er dann wohl auch zugrunde gegangen, im Prinzip jedenfalls, nein, innerlich meine ich, er hat sich aus dem fahrenden Zug geworfen, jaja, völlig eindeutig, ja Du, er war eben für unsere Welt nicht geschaffen, für unsere Leistungsgesellschaft, das gibt's, doch doch, da soll man gar nicht drüber witzeln, natürlich hast Du gewitzelt, jaja, schon vergessen, aber weißt Du, wenn man im Leben nicht so zurechtkommt, wie man möchte, weil der Erfolg ausbleibt, und wenn man dann andere dagegen sieht, wie sie Erfolg haben, vor allem, wie leicht sie Erfolg haben, und wenn man dazu noch weiß, daß man das, was die können, auch könnte, aber nur nicht gewollt hat, aus welchen Gründen auch immer, weißt Du, dann kommst Du in Konflikte, dann kommt irgendwann einmal der Punkt, an dem Du keinen Sinn mehr in Deinem Tun siehst, an dem Du den

Schlußstrich ziehst, ich kann das schon verstehen, oh ja, und Lüder, weißt Du, Lüder muß in einer solchen Situation gewesen sein, natürlich ist das unlogisch, klar, wenn ich auf der einen Seite etwas nicht will, dann darf ich auf der anderen Seite auch nicht unzufrieden darüber sein, daß ich's nicht hab', sagt sich leicht, aber weißt Du, ganz tief in uns drinnen, ja, verstehst Du, da in unserem Innersten, da fragt man nicht nach Logik, da laufen ganz andere Prozesse ab, ganz andere, sag' ich Dir, das weiß man wahrscheinlich noch gar nicht alles, was da abläuft und was da ablaufen kann, nee Du, ich sag' Dir was, der Erfolg gehört zum Leben wie das Salz aufs Ei, es schmeckt eben besser mit, und so lebt es sich auch angenehmer mit Erfolg, aber Du mußt auch den Erfolg dosieren, Du darfst nicht zuviel erwarten, und Du darfst Dich möglichen Erfolgen auch nicht versagen, irgendwo dazwischen mußt Du durch, dann geht alles wie von selbst, ja genau, wie bei dem HB-Männchen, das gibt's gar nicht mehr, gelt, jedenfalls muß ich sehr lange zurückdenken, daß ich's gesehen habe, im Kino, glaub' ich, aber diese Zigarettenwerbung wird ja auch mehr und mehr verboten, ist ja auch richtig, nee nützen wird das nichts, warum auch, wer rauchen will, soll rauchen, oder, das war auch so 'n Punkt, über den sich der Lüder regelmäßig ausgelassen hat, das Rauchen, das weißt Du auch, nicht, dabei hatte er früher mal geraucht, ganz früher mal, na, ich kenn' ihn ja länger als Du, er hat's später dann aufgegeben, aus gesundheitlichen Gründen wohl, och, seine zwanzig bis dreißig Zigaretten am Tag hat er wohl gepafft, die waren's wohl, aber dann hat er eines Tages ganz plötzlich aufgehört, von einem Tag auf den anderen, das konnte der Lüder früher, wenn der etwas wollte, dann machte er es, meistens jedenfalls, so war er, und er hat nicht wieder angefangen, da war der eisern, er konnte das, er konnte unglaublich stur sein, wenn er wollte, obwohl er das immer bestritt, er sei nicht stur, sagte Lüder, er sei nur konsequent, das sei etwas völlig anderes, nein, bis zum Schluß nicht, bis zum Schluß hat er nicht wieder angefangen, das heißt, er hat mir mal erzählt, daß er ein einziges Mal doch geraucht habe, nein nur aus Neugier, da hatten sie eine neue Marke einführen wollen, ja Zigarettenmarke, mit Whiskygeschmack, *John Denver* hieß die, glaub' ich, muß Anfang der Siebziger gewesen sein oder Mitte der Siebziger, naja, ist ja egal, und da hat er mal eine von geraucht, aus lauter Jux, weil er wissen wollte wie eine Zigarette mit Whiskygeschmack schmeckt, ja, total bescheuert, Zigarette mit Whiskygeschmack, aber die gab's mal, erinnere ich mich dran, mein' ich auch, entweder 'ne Zigarette oder 'nen anständigen Whisky, Lüder hat ja gern Whisky getrunken, und wie, hatte immer 'ne Flasche rumstehen, er kippte sich das Zeugs in den Kaffee, ja, in den Kaffee, nee, mein Fall ist das auch nicht, weiß Gott nicht, aber der Lüder trank das mit Begeisterung, der schöne *Ballantines*, hab' ich ihm immer gesagt, der sei doch viel zu schade für den Kaffee, aber das hat ihn nie gestört, ja, hat er auch, er hat ihn auch pur getrunken, aber dann war es meist *Dimple*, was er runterkippte, *Dimple* hat er merkwürdigerweise nie in den Kaffee getan, er mochte irgendwie diesen süßlichen *Ballantines* im Kaffee, der *Dimple* ist ja herber, nicht, Du bist kein Scotch-Trinker, ach was, Bourbon, naja, später ist Lüder, soviel ich weiß, auch auf Bourbon umgeschwenkt, *Jim Beam*, naja, ich jedenfalls frag' nicht soviel nach, nach Whisky, gut, hin und wieder mal einen schönen Malt, aber sonst, jedenfalls wollte Lüder unbedingt diese Whisky-Zigarette ausprobieren, war 'n ziemlicher Flop damals, kam nie auf den Markt, hat niemand rauchen wollen, Lüder hat sie dann auch nach drei Zügen weggeschmissen, schmecke wie kalte Füße, sagte er, aber das war das einzige Mal, daß Lüder wieder geraucht hatte, er war ja zum Schluß so'n richtiger militanter Nichtraucher, hat ihn sogar seinen Job gekostet, ehrlich, weißt Du das gar nicht, also, Lüder saß ja in seiner Firma in einem Großraumbüro, Großraumbüro ja, scheußlich, gefiel ihm auch nicht, und neben ihm der Kollege rauchte Pfeife, und Lüder hat ihn aufgefordert, nicht mehr zu rauchen, nein nein, aufgefordert, nicht gebeten, aufgefordert, nicht mehr zu rauchen, ja, starkes Stück, finde ich auch, natürlich tat das der Kollege nicht, und da hat Lüder einfach seinen Arbeitsplatz verlassen, hat seine Sachen gepackt und ist gegangen, ja, ohne Vorankündigung, einfach so, nein, macht man nicht, aber Lüder schon, Lüder war anders, der scherte sich nicht darum, was man machte und was nicht, der hatte seine eigenen Vorstellungen, die machten ihn manchmal auch so unberechenbar, man wußte dann nicht, wie er reagieren würde, die in seiner Firma waren natürlich hellauf entsetzt, kannst Du Dir sicher denken, und forderten ihn auf, sofort zurückzukehren, aber Lüder kam nicht, statt dessen kam ein Brief, in dem er mitteilte, er werde erst wieder an seinen Arbeitsplatz zurückkehren, wenn das Unternehmen dafür Sorge getragen habe, daß er in gesunder Luft werde arbeiten können, ja, da wurde ihm dann gekündigt, nein, natürlich nicht sofort, er hat dann wohl noch eine Abmahnung gekriegt oder so was, jedenfalls wurden alle juristischen Erfordernisse eingehalten, wenn Du verstehst, was ich meine, naja, das ist noch nicht lange her, zwei oder drei Jahre vielleicht, Du sagst es, mit einem bißchen guten Willen, wenn sein Nachbar ein paar Pfeifchen weniger geschmökt und Lüder die eine oder andere Pfeife geduldet hätte, dann hätten sie es beide einfacher gehabt, sowas läßt sich doch regeln, genau, aber Lüder wollte manchmal einfach alles, es gab Momente, in denen er nach Absolutheit strebte, wenn Du verstehst, was ich meine, sicher, damit wirst Du selten glücklich, aber das war nicht der Punkt, wenigstens nicht für Lüder, aus Lüders Sicht hatte sein Nachbar nicht zu rauchen, das war der Punkt, anmaßend, genau, so sehe ich das auch, aber Lüder sah das anders, und daß er einfach seinen Nachbarn gebeten hätte, weniger zu rauchen, das wär' ihm nicht im Traum eingefallen, Lüder nicht, genau, ist doch nichts dabei, sag' ich auch, aber Lüder konnte das nicht, der und bitten, niemals, das ging ihm nicht über die Lippen, ja, Lüder war schon eine sonderbare Marke, ehrlich, Lorenz hieß er, wußtest Du das, Lorenz Lüder, aus Knesebeck war er, bei Wittingen liegt das, jaja, bei mir da oben, wir sind zusammen zur Schule gegangen, übrigens, Lüder ist auch ein Ort da oben, nee ehrlich, in der Wittinger Ecke, genauer gesagt, bei Bodenteich, das sagt Dir alles wenig, was, naja, ist ja auch egal, jedenfalls ist Lüder dann Taxi gefahren, nach seinem Rausschmiß, verrückt nicht, als ob er da im Verkehr bessere Luft hatte, was, naja, lange ist er nicht gefahren, ich hab' ihn dann mal gesehen, auf dem Schloßplatz, da spielte er Gitarre, sang ein paar Lieder, das war das letzte, was ich von ihm hörte, ja, traurig, Du sagst es, und hat ihm das alles nun irgendwas gebracht, 'n Haufen Ärger und weiter nichts, ja, das war schon eine sonderbare Marke, der Lüder, sein Problem war, daß er die Dinge oft nicht so nahm, wie sie waren, weißt Du, wie soll ich sagen, der hatte von den Dingen so eine bestimmte Vorstellung, eine Vorstellung, wie die Dinge zu sein hätten, und wenn sie dann nicht so waren, wie sie seiner Vorstellung nach hätten sein müssen, dann kam der Lüder nicht einfach auf die Idee, daß er sich wohl geirrt haben müsse, neenee, das konnte der sich gar nicht vorstellen, sich zu irren, er versuchte dann die Dinge seinen Vorstellungen anzupassen, wenn Du verstehst, was ich meine, ja, dabei verhebst Du Dich, genau, aber der Lüder war da eigen, mein' ich auch, es gibt so vieles, was nicht so sein sollte, wie es ist, und vieles ist so, wie es nicht sein sollte, und doch leben wir alle glücklich und zufrieden, hab' ich Recht, ist doch so, oder, uns geht's doch gut, oder, so im Großen und Ganzen geht's uns doch gut, nicht, ja klar, Du hast Recht, es könnte besser sein, es könnte immer besser sein, manchmal, weißt Du, da frag' ich mich auch, wohin das noch alles führen soll, naja, so die ganze Entwicklung eben, alles, nimm' doch nur mal die Wiedervereinigung, unsere schöne Wiedervereinigung, na schön, dann eben die Einheit, jetzt betreib' mal keine Haarspalterei hier, also die Wiedervereinigung, was wir da so alles durchgemacht haben in den vergangenen zehn Jahren, was da alles auf uns zugekommen ist, was da noch alles auf uns zukommen wird, wer weiß das schon, also der Lüder war ja gegen die Wiedervereinigung, Linker, nein, der Lüder war kein Linker, der war weder noch, der sagte, was er dachte, links und rechts, das waren keine Begriffe für ihn, damit konnte er nichts anfangen, damals in der Schule, daß wir zusammen zur Schule gegangen sind, weißt Du, hab' ich schon gesagt, na prima, damals, das waren doch diese wilden Jahre, nicht, diese Sechziger, nun ja, heute wird die Zeit gern ein bißchen verklärt, weißt Du, mystifiziert, war alles halb so schlimm, wie sie's heut' gern darstellen, wenn man bedenkt, was die mit dem Fischer machen wollten, versteh' ich, ist schwer zu beurteilen für Dich, wenn Du die Zeit nicht mitgemacht hast, war aber alles halb so schlimm, na klar, da holen sie heute Archivfotos hervor, von Demonstranten, von Steinewerfern, klar, alles korrekt, hat's ja gegeben, aber, weißt Du, die Wirkung, die das heute hat, die resultiert ja aus der Zusammenstellung, aus der Auswahl, sie wählen ja nur die dramatischsten Bilder aus, stellen sie zusammen, und gebündelt erhält das natürlich eine ungeheure Wucht, das ist so wie beim Fußballspiel, das auf die wichtigsten Spielszenen reduziert wird, dann denkst Du auch, was für ein spannendes aufregendes Spiel Du da verpaßt hast, aber wenn Du die vollen neunzig Minuten im Stadion gewesen wärst, hättest Du einen ganz anderen Eindruck gehabt, eben, weil sie alle Höhepunkte des Spiels in zwei Minuten zeigen, aber die achtundachtzig langweiligen Minuten nicht, mußt Du zwangsläufig den Eindruck kriegen, daß sich was Dramatisches abgespielt hat, obwohl's in Wirklichkeit gar nicht so war, das ist die fatale Wirkung der Medien, oder, hab' ich nicht Recht, die Reduzierung der Wirklichkeit auf ein paar spannende Momente schafft eine Scheinwirklichkeit, von der dann jeder annimmt, sie sei die Realität, paradox nicht, und so ist's auch mit der Zeit der Achtundsechziger, ich find's gemein, was sie mit dem Fischer haben machen wollen, nur, weil er angeblich, was noch nicht einmal bewiesen war und sich inzwischen auch als falsch herausgestellt hat, eine Nacht lang eine Terroristin bei sich übernachtet haben lassen soll, da kamen all' die Ratten aus ihren Löchern und wollten abrechnen, all' das, was sie sich früher nicht getraut haben zu sagen, das brachten sie jetzt vor, schwangen sich zum Richter auf, zum Richter über eine ganze Epoche, alle wollten's ja schon lange gewußt haben, ich sag' Dir was, wenn die jetzt anfangen wollten, die Geschichte der Bundesrepublik von hinten aufzurollen, dann wäre das eine ganz gefährliche Sache, dann gäbe es bestimmt noch ganz andere Sachen, schlimmere Sachen, mein' ich doch auch, es muß doch möglich sein, einem zuzugestehen, daß er sich ändert im Zeitablauf, das muß doch in unserer Gesellschaft möglich sein, so viel Toleranz zeichnet eine Demokratie doch aus, oder, hab' ich nicht Recht, aber ich sag' Dir was, hier ging es gar nicht um Argumente, hier ging es gar nicht um die Wahrheit, was ist schon Wahrheit, vor allem nach so vielen Jahren, hier ging es um Vernichtung, die Regierung sollte vernichtet werden, das war doch der Kern der Sache, und da war denen jedes Mittel recht, genau, das ist schlechter Stil, misreabler politischer Stil, na also den Kohl laß' mal raus aus dieser Sache, das ist eine ganz andere Baustelle, natürlich ist ihm übel mitgespielt worden, aber das hat er sich doch weitgehend selbst zuzuschreiben, mit den Achtundsechzigern hat doch das gar nichts zu tun, weißt Du, aus der Rückschau werden die Sechziger doch nur deswegen so wild, weil danach nichts mehr kam, was kam denn noch in den Siebzigern und Achtzigern, ja okay, der Terrorismus, eine üble Geschichte, ganz übel, aber weißt Du, es wäre ja nun ein absurdes Mißverständnis, würde man die Achtundsechziger pauschal für die Väter des Terrorismus halten, natürlich haben sie den Weg geebnet dazu, mehr oder weniger ungewollt, das ist nun mal so, jede Bewegung trägt den Keim ihres Mißverständnisses in sich, jede Bewegung, aber sicher, alles kann mißbraucht werden, alles kann auch für andere Zwecke verwendet werden, nur ein simples Beispiel, ein ganz simples, ein

Hammer ist zum Schlagen da, nicht, ein Hammer hat eine bestimmte Funktion, nicht, aber Du kannst ihn auch dazu benutzen, jemanden zu erschlagen, das ist nicht der Zweck eines Hammers, einen anderen zu erschlagen, aber man kann es tun, doch wenn man das tut, wenn man jemanden mit einem Hammer erschlägt, dann ist das aber nicht Schuld des Hammers, oder, hab' ich Recht, das kann man dem Hammer doch nicht vorwerfen, oder, deswegen mein' ich, jede Bewegung trägt den Keim ihres Mißverständnisses in sich, jede, oder glaubst Du beispielsweise, die russischen Revolutionäre um Lenin und Trotzki haben gewollt, was Stalin schließlich auf ihren Mauern errichtet hat, Lenin selbst war es doch, der Stalin zu seinem Nachfolger bestimmt hat, gegen den Rat Trotzkis übrigens, der Stalins Gefährlichkeit durchaus erkannt hatte, nein jedes Ding hat zwei Seiten, so banal ist die Wirklichkeit, und ich bleibe dabei, die Sechziger gelten bei uns nur deshalb so wild, weil danach nichts mehr kam, die Siebziger und Achtziger, die kannste doch vergessen, ja, in den Neunzigern, da ging's wieder los, da braute sich was zusammen, da begann eine neue Epoche, verstehst Du, da ging ein Ruck durch die Republik, ach was, durch die ganze Welt, denk' doch nur mal, was da so alles passiert ist, das waren doch Sachen, das hätte man doch nie geglaubt, daß die alle möglich sein könnten, das hätte man doch vor fünfzehn oder zwanzig Jahren nie geglaubt, die Leipziger Demonstrationen, der Fall der Mauer, Wiedervereinigung, pardon Einheit, Golfkrieg, Fall der sozialistischen Systeme, Putsch in Moskau, gelungener Widerstand dagegen, Bürgerkrieg in Jugoslawien, Gorbatschow weg, Sowjetunion weg, das war doch unglaublich, genau, das muß man sich mal vor Augen halten, und die Russen liebäugelten anfangs sogar mit der Nato und mit der Europäischen Gemeinschaft, ja Union, Du hast Recht, das heißt ja inzwischen Union, wird auch nicht besser dadurch, genau, der PDS hat es bisher auch wenig genutzt, daß sie sich nicht mehr SED nennt, was sind schon Namen, na, und erst der Rechtsruck bei uns in den letzen Jahren, grad' so, als hätten sie alle auf den Zusammenbruch im Osten gewartet, DDR weg, Sowjetunion weg, Sozialismus tot, nun kommen sie wieder aus ihren Löchern hervor, die Braunen, marschieren auf, demonstrieren, hetzen im Internet, und nicht nur bei uns, auch in Italien, Frankreich, Österreich, Haider, genau, das war doch ein Trauerspiel, was der Schüssel da veranstaltet hat, als er an die Regierung wollte, das war doch ein Trauerspiel, nimmt den Haider mit ins Boot, nur, damit er Kanzler werden kann, und hat vorher noch groß getönt, daß er aber niemals mit ihm zusammen undsoweiterundsofort, ja, kein Wunder, wenn Politikern niemand mehr glaubt, ganz recht, aber das ist nun mal eine Schwäche der Demokratie, das System liefert Fehlanreize, nicht das Beste setzt sich durch, sondern das Machbare, das war ja auch ein wichtiger Antrieb für die Achtundsechziger, sie glaubten ja, mit dem Sozialismus eine bessere und gerechtere Welt schaffen zu können, im Kleinen haben sie angefangen damals, in Kommunen, Kommunen waren groß in Mode, weißt Du, jaja, da probierten sie neue Lebensformen aus, da zogen sie alle zusammen, so zehn, zwölf Leute, manchmal mehr, und dann lebten sie zusammen und teilten alles, Männlein, Weiblein, alles durcheinander, also da gab es die wildesten Geschichten, die verrücktesten Gerüchte waren im Umlauf, ob das alles stimmte, wer weiß, nein, hat nicht funktioniert, eine Zeitlang wurden diese Kommunen propagiert, weißt Du, da wurdest Du als Vollidiot betrachtet, wenn Du in normalen Verhältnissen lebtest, nicht, als bürgerliche Sau beschimpft, jaja, ehrlich, und wehe, Du sagtest öffentlich etwas gegen diese Kommunen, naja, ein bißchen Protest war das schon, die Jugend damals, die wollte nicht so leben wie die Alten, nicht, genau, wie die Hafenstraße, war im Prinzip auch nichts anderes, nur heißt das heute Wohngemeinschaft, nicht, aber diese Wohngemeinschaften, diese ganze Alternativszene, die Autonomen, auch das ist nur Protest gegen das Etablierte, genau wie bei den Achtundsechzigern, im Kern ist das nichts anderes, nur daß sie heute alle kurze Haare haben, gelt, oder Glatzen, Junge, Junge, also, wenn Du in den Sechzigern mit 'ner Glatze rumgelaufen wärst, ha, Du, das hätt' ich gern mal gesehen, damals hatte ja alles lange Haare, bis auf die Schultern und noch länger, ja, Lüder auch, wir alle, und was haben sich die Alten aufgeregt, Schmierfinken haben sie uns gerufen, Ungeziefer haben sie in unseren Haaren entdecken wollen, naja, heute haben sie gar keine Haare mehr auf dem Kopf, und sie regen sich über Glatzen auf oder lila Haare, heute laufen sie in Ketten rum und in aufgerissenen Hosen, wie aus der Altkleidersammlung, sag' ich auch, das kommt und geht, das ist heute nicht anders als damals, im Prinzip, meine ich, nur, daß sie heute alle rechts sind, diese Skins, diese Nazis, ich sag's ja, wer weiß, was da noch alles auf uns zukommt, von denen da drüben, ja, gelt, verrückt nicht, man sagt immer noch drüben, obwohl das ja schon lange alles zu uns gehört, jaja, das kam ja auch alles zu überraschend, wer hätte das vor ein paar Jahren geglaubt, also wenn Du mir vor, was weiß ich, fünfzehn Jahren oder so gesagt hättest, die Wiedervereinigung kommt, na gut, die Einheit, ich hätt' Dich doch für verrückt erklärt, da hätt' ich doch im Traum nicht dran gedacht, Du auch nicht, gelt, sag' ich doch, eben, aber so einfach, wie die in Bonn sich das vorgestellt haben, ja, jetzt Berlin, aber damals noch in Bonn, so einfach geht die ganze Sache auch wieder nicht, ich meine, so leicht wächst auch nicht zusammen, was zusammen gehört, wer weiß, was da noch alles auf uns zukommt, mit all den Stasi-Akten und so, ja, die Politiker sperren sich doch am meisten gegen eine Veröffentlichung, die haben doch die Hosen am meisten voll, von den kleinen Leuten da drüben verlangen sie, daß sie ihre Vergangenheit aufarbeiten und dazu stehen sollen, aber sie selbst, für sie selbst gilt das natürlich nicht, richtig, Heuchelei nennt man das, oder denk' doch nur mal zurück, wie das angefangen hat, mit Hoyerswerda, was da passiert ist, mit den Ausländern, den Asylanten, wie lang' ist das jetzt her, acht Jahre, neun, ist ja

14

auch egal, aber seitdem ist doch das eine ganz heiße Kiste geworden, oder, hab' ich nicht Recht, und wie ging's weiter nach Hoyerswerda, Rostock, Mölln, Solingen, Lübeck, sonst noch was, mit Ausländer-raus-Parolen werden mittlerweile wieder Wahlen gewonnen, schlimme Sache, was, Kinder statt Inder, oh Gott, mag ich gar nicht zurückdenken dran, hat aber wenigstens nicht funktioniert, hat nicht funktioniert, aber diese Aufmärsche von den Neonazis und der NPD, diese Hetze gegen Ausländer und alles Nichtdeutsche, das findet Anklang heute, besonders bei den Jugendlichen, aber das ist nicht nur Zeiterscheinung, das sitzt tiefer, das ist ein schleichender Prozeß, doch, bin ich mir sicher, ich sehe das jedenfalls so, also damals, Ende der Sechziger, auf der Schule, da waren wir ja alle SPD, jaja, das war diese Zeit, da ging das gar nicht anders, das war so'n gruppendynamischer Prozeß, wenn Du verstehst, was ich meine, die Klasse war SPD, also warst Du auch SPD, wolltest ja nicht abseits stehen, klar, das ist heut' nicht anders, nur daß sie sich heute eben alle auf die rechte Seite schlagen, die Jungen, Republikaner wählen, oder DVP oder was es da sonst noch gibt, NPD, richtig, die wollen sie ja nun verbieten, ob das was nützen wird, mein' ich auch, das ändert gar nichts, mit Verboten erreicht man nichts, Verbote ändern keine Gesinnung, genau, wenn es so einfach wäre, schließlich hält sich die NPD ja schon über Jahrzehnte, doch, damals in den Sechzigern, da haben wir ja mal gegen die NPD demonstriert, von der Schule aus, da kamen die groß in Mode, kriegten einen immensen Zulauf, von Thadden hieß der Obermakker von denen, also der große Mann da damals, und da haben wir demonstriert, mit Fackeln durch die ganze Stadt, das war das Ereignis damals, muß so fünfundsechzig sechsundsechzig gewesen sein, wurde von der örtlichen SPD organisiert, glaub' ich, naja und heut' gibt's die immer noch, treiben immer noch ihr Unwesen, aber wie lange die schon über ein Verbot diskutieren, ob oder ob nicht, ob das Material ausreicht oder nicht, und wie lange es noch dauern wird, bis das Verfassungsgericht das Material geprüft hat und sein Urteil verkündet, also in der Zeit, da können die in aller Gemütlichkeit schon eine neue Bewegung unter neuem Namen vorbereiten, dann ist die NPD weg, aber ihr Geist immer noch da, nein, mit Verboten erreicht man nichts, weißt Du, damals, in den Siebzigern, zu Zeiten der RAF, ganz recht, das war eine kriminelle Vereinigung, da gab's einen Aufschrei, quer durch die ganze Republik, es gab Widerstand, die Regierung griff durch, Notstandsgesetze und so, und die RAF war dann letzten Endes weg, natürlich, hat Opfer gekostet, aber die RAF war schließlich weg, es wurde hart durchgegriffen, aber bei den Neonazis, nichts, nicht mal 'n geschlossenen Aufschrei gibt's, sicher, Initiativen gibt's genug, aber das sind doch alles so lockere Zusammenschlüsse, wenn Du verstehst, was ich meine, Eintagsfliegen, so spontane Sachen, die wenig bringen, ich sag' Dir was, im Grunde genommen sind die nur deswegen so stark, weil die anderen so schwach sind, das muß man ja auch sehen, war schon in der Weimarer Republik so, die nutzen eben die Schwäche der Etablierten, die packen die da, wo sie verwundbar sind, sagen, was Sache ist, gelt, und das machen die recht geschickt, das muß man ihnen lassen, und das kommt an, das Volk läßt sich eben nicht für dumm verkaufen, die wollen kein Geschwätz hören, keine gebetsmühlenhaften Formeln, kein Wenn und Aber, kein Vielleicht, kein Hü und Hott, Hin und Her, das ist es doch, wenn sich heute ein bürgerlicher Politiker hinstellt und etwas verkündet, das kannst Du doch nicht mehr glauben, erstmal überzeugt es nicht und zweitens sagt der nächste Woche sowieso wieder was anderes, genau, spätestens seit die damals Anfang der Neunziger hoch und heilig versprochen haben, die Steuern nicht zu erhöhen und sie wenig später prompt erhöhten, glaub' ich denen kein Wort mehr, nix, im Ernst, da hat doch damals der Waigel, ja, noch die frühere Regierung, der Waigel, Theo, ist doch noch ein Begriff, oder, na also, da hat doch damals der Waigel nach dem ganzen Hin und Her mit den Steuern gesagt, er wolle eine knallharte Finanzpolitik machen, im Ernst, hat der gesagt, knallharte Politik wolle er machen, ha, hab' ich gelacht, der und knallhart, und auch noch Finanzpolitik, ha, hast Du was gemerkt, daß er das getan hat, der große Zahlmeister, ich sag' Dir was, wenn einer ankündigt, knallharte Politik machen zu wollen, ja, was hat er dann wohl bloß die ganze Zeit vorher gemacht, was hat er da wohl nur gemacht, sage ich doch, ist doch mein Reden, ich seh' immer nur, daß alles teurer wird, aber auch alles, Eintritt, Gebühren, alles wird teurer, und in welcher Kneipe kriegst du denn noch ein Glas Bier unter vier Mark, früher, in den Sechzigern, habe ich für Nullfünfundzwanzig vierzig Pfennige bezahlt, genau, heute zahlst Du für Nulldrei vier Mark, fast das Zehnfache, und Bier ist immer noch Bier, Wasser, Gerste, Hopfen, knallharte Politik, ich sag' Dir was, kein Wunder, daß die Rechten massenhaft Zulauf kriegen, die brauchen gar nichts zu tun, die brauchen nur da sein und warten, unsere Politiker treiben denen jede Menge Wähler zu, ach was, die SPD ist doch genauso hilflos, hat der Eichel denn mehr erreicht mit seiner Steuerreform, ja zugegeben, die Steuern sind gesenkt, aber merkst Du etwas davon, hast Du jetzt mehr Geld, was sie Dir auf der einen Seite geben, holen sie auf der anderen Seite wieder ab, Spritpreise, genau, also, was sich da zur Zeit bei den Benzinpreisen abspielt, das ist Sprengstoff, politischer Sprengstoff, wenn das so weitergeht, wird es bei der nächsten Wahl wieder ein gewaltiges Protestpotential geben, das dann die Rechten wählt, garantiere ich Dir, das ist es doch, wozu soll die Regierung was unternehmen, erstens kann sie's kaum, und wenn sie's könnte, warum sollte sie's, die verdienen doch kräftig mit, bei dem hohen Mineralölsteueranteil verdienen die doch an jeder Spritpreiserhöhung mit, neenee, niedrigere Spritpreise kannst Du Dir abschminken, die bleiben auf Dauer so hoch, kannst Du Dir aus dem Kopf schlagen, und das Schlimme ist, die Bahn erhöht auch laufend ihre Fahrpreise, richtig, und die Leistung wird immer weniger, den Fernverkehr dünnen sie aus, richtig, die Interregios, und nun wollen sie auch noch den Fahrscheinverkauf auf kleinen Bahnhöfen einstellen, kein Geld sagen sie, aber gleichzeitig wollen sie kurzerhand einen ganzen Bahnhof unter die Erde verlegen, dafür haben sie Geld, dafür kriegen sie es auch noch nachgeschmissen von allen Seiten, auch die SPD setzt sich dafür ein, auch Ute hat Geld gesammelt, die gute Ute, nee, mein Lieber, das ist nicht mehr die SPD der Sechziger, der Schröder steht doch nur so gut da, weil die Schwarzen so dilettantisch sind, also, was die sich alles geleistet haben in der letzten Zeit, das geht doch auf keine Kuhhaut, Mann oh Mann, nimm doch nur mal diese Meisterleistung mit den Fahndungsfotos vom Kanzler, gelt, das mein' ich auch, das sagt doch alles, da findest Du doch keine Worte mehr, wenn Du so was siehst, und dann stellen die sich da am nächsten Tag hin, mit unschuldiger Miene, und sagen allen Ernstes, sie haben niemanden beleidigen wollen, da bleibt Dir die Spucke weg, solch eine Dreistigkeit, solch eine scheinheilige Dreistigkeit, als ob sie nicht wüßten, daß es in der Öffentlichkeit auf das Wollen allein nicht ankommt, sondern auf die Wirkung, das ist doch das kleine Einmaleins eines jeden, der in der Öffentlichkeit steht, daß das Wollen nicht reicht, daß man alles erst mal auf die möglichen Wirkungen durchdenken muß und dann erst an die Öffentlichkeit geht, das ist doch erstes Semester Politik, schlichtes Handwerk ist das, nicht einmal das beherrschen die, das alles stärkt doch die SPD, einen besseren Wahlhelfer können die doch gar nicht haben, dabei unterscheiden sich doch im Grunde CDU und SPD gar nicht mal mehr so sehr, der einzige Unterschied ist die CSU, oder, hab' ich nicht Recht, ist doch so, oder, aber wie gesagt, die SPD der Sechziger ist das nicht mehr, schon lange nicht mehr, damals haben wir ja für Willy Brandt geschwärmt, der hatte eine Vision, *mehr Demokratie wagen*, das waren schon starke Worte, ich meine, das hat uns ungeheuer gefallen, das hat doch gezündet, das wurde doch umgesetzt, nicht, alle diese Bürgerinitiativen, die Umweltschutzverbände, das wäre doch undenkbar ohne Willy, was war dagegen schon diese CDU-Hetze, na gut, Hetze nehm' ich zurück, aber dieses dümmliche *Freiheit-statt-Sozialismus*-Gerede, das hat doch mehr getrennt als verbunden, aber sicher, aber natürlich, und was ist aus der *geistig-moralischen Wende* geworden, ist Dir die schon mal begegnet, na, sag' schon, wo, wo ist sie, das will ich jetzt wissen, Worte, nichts als Worte, genau, die *geistig-moralische Wende* endete im Sumpf, im Spendensumpf endete die, natürlich hat auch die SPD versagt, geschenkt, da brauchen wir gar nicht drüber reden, das ist nicht mehr die alte SPD, nimm doch nur mal die letzte Wahl im Land, auf fünfundzwanzig Prozent ist die SPD abgerutscht, auf fünfundzwanzig Prozent, die schiere Katastrophe, wie, war das schon die vorletzte, ja, man wird älter, wem sagst Du das, na, ist ja auch egal, wir wissen, über welche Wahl wir reden, ob nun die letzte oder vorletzte, Hauptsache, wir beide wissen, welche wir meinen, oder nimm die davor, die vor zehn Jahren, da verlor die CDU fast zehn Prozent, na gut, Prozentpunkte, Du alter Pedant, und die SPD schaffte es nicht, etwas hinzuzugewinnen, die CDU verlor haushoch an Stimmen, und die SPD schaffte keinen Zuwachs, die verloren sogar selbst noch Stimmen, und die Republikaner wurden auf Anhieb mit elf Prozent in den Landtag gespült, mit elf Prozent, das war doch ein einziges Desaster für diesen, wie hieß er noch, Spöri, richtig, natürlich für den Spöri, für wen denn sonst, daß die Regierung einen Denkzettel kriegen würde, war doch klar, aber daß auch die Opposition so kläglich versagt, das war doch wohl schon mehr als peinlich, also, wenn der Mann auch nur ein bißchen Ehrgefühl gehabt hätte, dann wäre der doch zurückgetreten, bei so einer Blamage, oder, aber was passierte, na, weißt Du's noch, genau, da schlossen sich die Verlierer zusammen und bildeten die Regierung, also, das geht über meine Kräfte, das geht über meinen Verstand, ich komm' da nicht mehr mit, nee Du, ich komm' da nicht mehr mit, ich sag' Dir was, das sind doch Zustände, die schon der Weimarer Republik das Genick gebrochen haben, wirklich, ist meine Meinung, und jetzt, bei der letzten Wahl, da wollte die Ute doch Ministerpräsidentin werden, na, und was hat sie erreicht, ja natürlich, sie hat zugewonnen, aber ist das ein großes Kunststück, sag', ist das ein großes Kunststück, bei der niedrigen Ausgangssituation, da konnte sie doch nur zugewinnen, aber bis zur Ministerpräsidentin ist's noch ein weiter Weg, ein weiter Weg, sag' ich Dir, im Ernst, hast Du geglaubt, daß die SPD in diesem Land an die Regierung kommen wird, in diesem stockkonservativen Land, was hat man denn von der Ute schon gehört vorher, nichts, nichts Programmatisches, und wenn sie es geschafft hätte, hätte sich etwa was geändert in diesem Land, für diese größenwahnsinnige Idee vom unterirdischen Bahhof ist sie doch auch, also, Du kennst mich doch, Du glaubst mir doch, wenn ich sage, daß ich noch nie CDU gewählt habe, das glaubst Du doch, oder, glaubst Du das, aber die Ute, die Ute hab' ich nicht gewählt, der zieh' ich den Erwin tausendmal vor, auch wenn er CDU ist, da weiß man eben, was man hat, der Erwin, das ist Hausmannskost, sag' ich Dir, gute Hausmannskost, tja, die guten SPD-Zeiten sind vorbei, Neunundsechzig, das waren noch ganz andere Zeiten, da herrschte Aufbruchstimmung, da hatte Willy es geschafft, im dritten Anlauf, für die Alten ging damals die Welt unter, jaja, die waren ja treu der CDU verbunden, und hätten gern einen von der CDU gehabt, am liebsten Franz-Josef, das sei der fähigste Politiker in unserem Land, hat unser Klassenlehrer damals gesagt, ha, die ganze Klasse hat ihn ausgelacht, aber, Du weißt ja, wie das ist, die Jugend wird von den Älteren nie ernstgenommen, werdet erst mal erwachsen, dann könnt ihr mitreden, jaja, nach dem Motto, aber der Lüder hat den Franz-Josef ja mal in Schutz genommen, ja, ehrlich, vor der ganzen Klasse, als diese Kommunarden da, aus München, dieser Teufel, so hieß der wohl, genau, wie unser Erwin, als die da im Münchner Rathaus auf die Tische geschissen hatten, jaja, das ist Faktum, wirklich geschehen, blankes Entsetzen damals in der ganzen Republik, vor allem, weil Franz-Josef rumgepoltert hat und diese Kommunarden öffentlich als Schweine bezeichnete, siehst Du, der Lüder auch, wir haben natürlich in der Klasse den Vorfall diskutiert, und die Kritik entzündete sich damals an den Worten von Franz-Josef, nur nicht bei Lüder, der Lüder hat sich hingestellt und gesagt, der Strauß habe doch ganz Recht, naja, da war die ganze Diskussion dann im Eimer, die Klasse verstummte, nein, angegriffen wurde Lüder nicht, er war ja für seinen Eigensinn bekannt, und man hatte Respekt vor ihm, jaja, sehr, aber es gab doch einige, die ihm das krumm genommen haben, und hinter vorgehaltener Hand, in den Pausen, wenn Lüder mal nicht dabei war, dann wurde schon über ihn geflüstert, über seine Eskapade, wie sie es nannten, aber deswegen war der Lüder noch lange kein Rechter, er hat eben gesagt, was er dachte, im Grunde genommen, also mal im Vertrauen, es gab schon einige bei uns, die auch so dachten wie der Lüder, das waren die wenigsten, sicher, aber es gab sie, nur hätte sich von denen niemand getraut, zu sagen, was sie dachten, nur der Lüder hatte den Mut, nur Lüder konnte das sagen, er hat sich ja auch hingestellt und gesagt, Willy Brandt finde er unsympathisch, ja, hat er, und Wehner hat er total abgelehnt, der sei ihm zu unverschämt, der habe keinen Stil, kein Format, hat Lüder gesagt, weißt Du, alle redeten von Onkel Herbert, verstehst Du, und Lüder sagte, der habe kein Format, also das war schon stark, aber sein Kreuzchen hat er dann wohl doch bei der SPD gemacht, doch, da bin ich ganz sicher, obwohl er uns gegenüber immer für diesen Scheel eingetreten ist, doch, mir war der immer ein bißchen zu glatt, ein Luftikus, aber Lüder hatte einen Spleen für Scheel, also für die CDU war der jedenfalls nicht, nein, absolut, aber wie gesagt, mit rechts und links konntest Du dem nicht kommen, der hat sich nirgendwo einbinden lassen, und die deutsche Einheit hat er abgelehnt, genau wie dieser Schriftsteller, von dem er damals geschwärmt hat, dieser Giftzwerg, Du weißt, wen ich meine, jajajajaja genau den, also, was der für einen Bockmist verzapft, hab' ich seinerzeit zu Lüder gesagt, das geht auf keine Kuhhaut, aber auch später, als er den Nobelpreis erhielt, da haben wir wieder über seine politischen Ergüsse diskutiert, ach, ich erspar' Dir besser die Einzelheiten, so sind eben die Intellektuellen, schaffen tun sie nichts, aber Bescheid wissen wollen sie, ich sag' Dir was, die wissen nichts, gar nichts, die einzigen, die im Leben Bescheid wissen, das sind doch wir, das ist unsereiner, der tagtäglich sein Tagwerk verrichtet, was meinst Du, was mir die Leute in meinem Kiosk alles erzählen, das müßtest Du mal mit anhören, da würdest Du anders denken, ich hab' doch Kontakt mit den Leuten, ich hör' sie doch reden, wenn sie ihre Zeitung kaufen, ihr Bier, ihre Lottoscheine abgeben, wir Kleinen sind es doch, die wissen, wie's aussieht im Leben, hab' ich Recht, aber Lüder war auch so'n kleiner Intellektueller, jaja, ganz schön abgehoben ist der manchmal gewesen, wenn Du verstehst, was ich meine, Lüder sagte auch, das könne nicht gutgehen mit der Wiedervereinigung, pardon, mit der Einheit, das könne nicht gutgehen, wenn man den Leuten von heute auf morgen ihre Identität wegnehme, hab' ich auch gesagt, Lüder, hab' ich gesagt, den Leuten werde keine Identität weggenommen, sie bekämen jetzt eine, Deutschland einig Vaterland, hab' ich gesagt, sei das etwa keine Identität, na, Lüder hat nur den Kopf geschüttelt, man werde sehen, hat er gesagt, nee, ganz ruhig war er, ganz die Ruhe selbst, also besorgt war er schon, aber so richtig zu Herzen genommen hat er sich die ganze Chose nicht, wenn Du verstehst, was ich meine, ich meine, er hat andere Dinge, die im Vergleich zur Einheit, hast Du gehört, ich sagte eben Einheit, ja, ich lerne ja immer schnell, gelt, er hat unbedeutendere Dinge viel wichtiger genommen, also Dinge, die unsereiner jedenfalls nicht so wichtig nimmt, wie diesen Pfeifenkopf zum Beispiel, dessentwegen er seinen Job verloren hat, oder diese Stecknadeln im Hemd, hab' ich Dir die Geschichte mit den Stecknadeln schon mal erzählt, zum Totlachen, aber typisch Lüder, Du weißt ja, Lüder trug immer nur Oberhemden, nie T-Shirts oder Pullis, immer nur Oberhemden auf der Haut, und die Oberhemden, die sind ja so wunderschön verpackt, nicht, sauber gefaltet und Stecknadeln an allen Ecken und Enden, ja, fürchterlich, ich laß' die immer gleich von der Verkäuferin rauszupfen, da hab' ich dann keine Scherereien mehr, das ist am einfachsten, sonst fummelt man zu Hause rum und piekt sich womöglich noch in die Finger, und der Lüder, der hatte nun irgendwann irgendwo mal eine Annonce gesehen, da hatten sie Reklame gemacht und sich gebrüstet, daß in ihren Hemden garantiert nicht mehr als soundsoviele Nadeln zu finden seien, sechs oder sieben, was weiß ich, jedenfalls ganz wenige Nadeln, das war natürlich was für den Lüder, denn der hat das nicht geglaubt, der hat gleich beim nächsten Hemdenkauf nachgezählt, und siehe da, er kam glatt auf viel mehr Stecknadeln, ja, der Lüder hatte Recht, wirklich, gelt, was, stört Dich mein gelt, ja, irgendwie hab' ich mir das angewöhnt, seitdem ich hier unten lebe, weiß auch nicht, warum, gehört eigentlich nicht zu meinem norddeutschen Wortschatz, klingt deswegen wohl ein bißchen gekünstelt, wo waren wir stehengeblieben, bei den Stecknadeln, genau, also, der Lüder hatte wirklich Recht, ja, da lachst Du auch, was, aber dem Lüder war gar nicht zum Lachen zumute, Du, der hat getobt und geschimpft, eine Sauerei sei das, und dann hat er an die Firma einen Brief geschrieben, *Seidenstikker* war's, glaub' ich, oder *Dornbusch*, na egal, jedenfalls eine Firma in Bielefeld, einen geharnischten Brief hat er geschrieben, ach was, natürlich nicht, nichts ist passiert, was sollte denn auch passieren, die haben freundlich geantwortet, ein Versehen, oder was auch immer und haben weiterhin ihre Nadeln in die Hemden gesteckt, was soll's auch, ob sechs oder sieben oder elf oder zwölf, da lach' ich doch drüber, da verschwende ich doch keinen Gedanken dran, aber Lüder nahm die ganze Sache sehr ernst, der Lüder war anders, ich sag's ja, er hat sich selbst zugrundegerichtet, nein, ich mein' nicht seinen Selbstmord, ich meine vorher, vorher hat er sich selbst zugrundegerichtet, mit seinem Selbstmord hat er lediglich sein Leben beendet, wenn Du verstehst, was ich meine, so sehe ich das, obwohl, Lüder war nicht immer so, früher war er mal ein richtig lieber Kerl, wir sind ja zusammen zur Schule gegangen, aufs Gymnasium, Du, da könnt' ich Dir Sachen erzählen, das glaubst Du nicht, da kriegst Du ein ganz anderes Bild vom Lüder, hast Du noch Zeit, ja, prima, also, der Lüder war immer sehr beliebt, er war kein Kumpeltyp, der mit allen gut stand und gut stehen wollte, es war eher so, daß die anderen gut mit ihm standen und auch stehen wollten, der Lüder war absoluter Einzelgänger, damals jedenfalls, eigentlich wohl bis zum Schluß, der ging immer seine eigenen Wege, und es war ihm egal, was die anderen machten, aber alle mochten ihn, er war so eine Art Respektsperson, wenn Du verstehst, was ich meine, weißt Du, man kam gar nicht an ihm vorbei, er dominierte eben, obwohl es überhaupt nicht seine Absicht war, Klassensprecher, nein, das war er nie, hat er gar nicht gewollt, obwohl sie ihn ja dazu machen wollten, immer wieder, aber er hat immer abgelehnt, wie gesagt, er hat sich nirgendwo einbinden lassen, er hat sich ganz einfach nicht wählen lassen, das hat mal einen Riesenärger gegeben, in der Unterprima, glaube ich, weil er der einzige Kandidat war, da wollte ihn die Klasse unbedingt, aber Lüder sagte nur, er kandidiere nicht, da regte sich unser Klassenlehrer mächtig auf und sagte, das ginge nicht, daß jemand, der vorgeschlagen werde, nicht kandidiere und schrieb Lüders Namen an die Tafel, gegen seinen Willen, das hat er sich gefallen lassen, ja, was sollte er machen, Lüder suchte ja keinen Streit, streitsüchtig war er nicht, er wollte ja niemanden ärgern, nur nicht kandidieren, also sagte Lüder ganz ruhig, er möchte darauf hinweisen, daß er im Falle der Wahl diese nicht annehmen werde, so konnte Lüder sein, eigen und konsequent, aber es geht noch weiter, hör' zu, denn der Klassenlehrer meinte nun verärgert, ein zweiter Kandidat müsse her, das hat lange gedauert, aber schließlich gab es den zweiten Kandidaten, und es wurde gewählt, das ist es ja, Lüders Name blieb an der Tafel, der Lehrer dachte gar nicht daran, ihn zu löschen, und wir grinsten untereinander, denn wir kannten ja Lüder und ahnten bereits, wie der sich verhalten würde, klar, Lüder wurde gewählt, natürlich nicht, Lüder stand in aller Seelenruhe auf und sagte, wie er bereits angekündigt habe, nehme er die Wahl nicht an, hui, Du, da hättest Du mal unseren Lehrer sehen müssen, hat der getobt, der fühlte sich verarscht, obwohl den Lüder ja gar keine Schuld traf, der hatte ja vorher gesagt, daß er die Wahl nicht annehmen werde, aber der Lehrer schrie, was denn dem Lüder nur einfalle, jetzt müsse seinetwegen die ganze Wahl wiederholt werden, er solle sich nicht so anstellen und die Wahl annehmen, natürlich, der Lüder blieb eisern, genau, ihn traf keine Schuld, naja, also, ich weiß nicht, ob das eine honorige Haltung vom Lüder war, das weiß ich nicht so recht, ich mein', er war korrekt und konsequent, das schon, aber so unrecht hatte der Lehrer nicht, als er sagte, Lüder solle die Wahl ruhig annehmen, damit er lerne, auch mal Verantwortung zu übernehmen, also, so dumm war unser Klassenlehrer ja auch nicht, der wußte schon, was er tat, als er Lüders Namen an der Tafel ließ, aber Lüder wollte nun mal nicht, warum, also, genau weiß ich das auch nicht, jedenfalls nicht in diesem speziellen Fall, Lüder wollte nicht, basta, und wenn Lüder nicht wollte, war nichts zu machen, über seine Gründe sprach er nicht, das ginge niemanden etwas an, sagte er immer, aber ich vermute, er hat die Wahl deswegen nicht angenommen, weil er glaubte, die Klasse nicht vertreten zu können, nein, das würde ich nicht sagen, weißt Du, in einem anderen Zusammenhang hat er mir mal gesagt, er könne nicht für andere sprechen, er könne immer nur für sich selbst eintreten, na hör' mal, diesen Standpunkt kann man doch nicht akzeptieren, wir leben doch nicht isoliert, wir leben in einer Gemeinschaft, und da muß man auch für die Gemeinschaft eintreten, Du meinst, er hatte Furcht, zu versagen, also, da kann was dran sein, obwohl, ich sag' Dir was, Klassensprecher hat der Lüder gar nicht sein brauchen, der hatte auch so genug Einfluß, er war Respektsperson, einfach so, durch seine Art, wenn irgend jemand einfach das Fenster schloß, weil er fror, im Winter, und Lüder sagte dann, das Fenster bleibe auf, frische Luft sei nötig, dann blieb das Fenster auf, ehrlich, der Lüder brauchte gar nicht schreien, er brauchte nur den Mund aufmachen, und es geschah so, der brauchte es auch gar nicht selbst zu tun, wenn er sagte, das Fenster bleibe auf, dann machte es der wieder auf, der es gerade geschlossen hatte, nein, ich wollte nur sagen, was für'n Einfluß Lüder hatte, er war nie bösartig und hat das auch nicht ausgenutzt, er hat nie jemanden schikaniert, Lüder wußte selbst, was er für 'n Einfluß hatte, hat das aber nie ausgenutzt, hat immer nur dann eingegriffen, wenn es nötig war, natürlich, Du hast Recht, immer dann, wenn er es für nötig hielt, aber dann war es auch meist nötig, das war es ja, wenn er etwas sagte, dann sahen alle anderen die Notwendigkeit ein, Lüder mußte noch nicht einmal Gründe nennen, es war ganz offensichtlich, daß Lüder Recht hatte, neenee, Machtmensch war Lüder nicht, Macht wollte der Lüder auch gar nicht, obwohl er sie hätte kriegen können, leicht, seltsam gelt, da hat er vieles, was er leicht hätte kriegen können, ganz einfach abgelehnt, und dann hat er auch wieder Dinge erzwingen wollen, die einfach nicht erzwingbar sind, ja, so war der Lüder, der Lüder war schon eine sonderbare Marke, sag' ich Dir, und er war ja nicht nur Respektsperson, er war auch Vertrauensperson, ja wirklich, viele von uns haben sich ihm anvertraut, mit ihren Sorgen und Problemen, und er hat zugehört, bei allen, er hat nie abgelehnt, er war ein guter Zuhörer, und allein die Tatsache, daß jemand zuhörte, beruhigte ja meist schon, aber er hat auch Trost gespendet, weißt Du, trotz allem, er hat jedem das Gefühl gegeben, ihn ernst zu nehmen, nein, das ist es gerade, er hat das Vertrauen nie mißbraucht, er hat nie jemanden verraten, ausgespielt oder in die Pfanne gehauen, was er ja hätte können, theoretisch, meine ich, ja, das sind alles gute Eigenschaften, da hast Du Recht, Führungseigenschaften, wenn Du so willst, sicher, er wäre ein guter Klassensprecher gewesen, aber was willst Du machen, wenn er nicht will, ja, das könnte sein, das könnte in der Tat sein, daß er fürchtete, zu versagen und seine geachtete Stellung zu verlieren, das könnte sein, aber ich glaube, da tust Du ihm unrecht, nein, so berechnend war der Lüder nicht, ich kenn' ihn ja länger als Du, übrigens, der Lüder ist dann ja später noch mal in so eine Situation gekommen, in der man ihn drängte, eine Position zu übernehmen, als er Abteilungsleiter wurde, das weißt Du gar nicht, ja doch, ein paar Jahre bevor er rausflog wurde er doch Abteilungsleiter, Du, das ist ein ganz trauriges Kapitel, ja, hat er mir mal erzählt, beim Gläsle Wein, nein, nicht in der Kiste, auch nicht beim Widmer, da ging er ja selten hin, aber, wie gesagt, eine traurige Geschichte, die zeigt, wie sehr er schon nicht mehr er selbst war, er hat nämlich den Abteilungsleiterposten zunächst angenommen, ja, ohne zu zögern, ohne mit der Wimper zu zucken, obwohl er eigentlich nicht wollte, nein, er wollte nicht, ich glaub', er fürchtete, nicht mehr zum Lesen zu kommen, Lüder war doch ein richtiger Bücherwurm zum Schluß, kann ich Dir sagen, wenn der ein Buch in die Hände kriegte, dann hörtest Du nichts mehr von ihm, er brauchte auch kaum noch etwas im Leben, nur Bücher, auf Bücher konnte er nicht verzichten, wenn der ein Buch sah, mußte er es gleich in die Finger nehmen, das war ein richtiger Zwang zum Schluß, tja, weißt Du, Lüder hatte einen Traum, er hat mal davon geträumt, ein eigenes Zimmer nur mit Büchern zu besitzen, ein großes Zimmer nur mit Büchern gefüllt, nichts anderem, das war sein Traum, ein eigenes Zimmer, in das nichts anderes dürfe als Bücher, nein, gelungen ist ihm das nicht, wieso auch, er hätte dazu ja ein großes Haus gebraucht, das über ein solches Zimmer verfügte, wie hätte er sich das anschaffen sollen, allzuviel Geld hatte er nicht, zumal er ja auch den Abteilungsleiterposten wenige Zeit später wieder zurückgegeben hatte, ja, verrückt nicht, sowas darf man natürlich nicht tun, das ist beruflicher

Selbstmord, wenn Du verstehst, was ich meine, ach Du, das ist eine lange Geschichte, hast Du noch Zeit, wunderbar, ist ja auch nur ein Ortsgespräch, gelt, jaja, irgendwie hab' ich mir das angewöhnt mit diesem gelt, ich merk' es kaum noch, also der Lüder war ja zum Schluß EDV-Mann, bei so einer kleinen Klitsche, so einem Softwarehaus, genau, die schossen ja damals wie Pilze aus dem Boden, hat Pleite gemacht inzwischen, vor einem Jahr, glaube ich, oder zwei, ist ja auch egal, hat der Lüder noch erlebt, ja, hat ihn ziemlich mitgenommen damals, trotz allem, ich mein', obwohl er da rausgeflogen ist, nee, weiß ich auch nicht, wieso der Lüder ausgerechnet zur EDV kam, obwohl, in Mathematik war er ja immer gut, mit Abstand der beste in der Klasse, ehrlich, wie er das machte, war uns immer ein Rätsel, wir standen wie der Ochs' vorm Berg, und er, er hatte alles begriffen, Lüder sagte immer, wenn wir ihn fragten, er mache gar nichts, er höre nur zu, verstehe es zufällig und wisse daher, wie's ginge, ja, manchen fliegt das eben so zu, er hat dann für viele die Hausaufgaben gemacht, nein, nicht aus Gefälligkeit, er wollte nicht gefallen, er wollte sein Können eben einfach allen nutzbar machen, verstehst Du, inkonsequent, so gesehen hast Du Recht, es paßt nicht zusammen, daß einer nicht für die Klasse eintreten will, als Klassensprecher, und dann plötzlich allen die Hausaufgaben löst, naja, dafür mußten wir ihn in Latein durchschleppen, seltsam nicht, man sagt doch immer, daß Latein eine logische Sprache sei, und eigentlich hätte der Lüder mit seinem mathematischen Verstand auch in Latein ein As sein müssen, war er aber nicht, Lüder war überhaupt ein schlechter Schüler, zweimal hängengeblieben, hättest Du nicht gedacht, was, nee, außer Mathematik war nichts weiter, doch, im Kunstunterricht, da glänzte er auch noch, aber sonst, naja, dann hat ihn wohl seine mathematische Ader zur EDV gebracht, ich hab' da auch keine Ahnung von, von diesem neumodischen Zeugs, und ich würde mir auch nie so einen Computer anschaffen, genau, ich wüßte auch nicht, was ich damit sollte in meinem Kiosk, ich könnte mit so einem Kasten überhaupt nichts anfangen, obwohl, es gibt ja unter diesen Computerfreaks so'n paar Heinis, die sind süchtig, die sitzen Tag und Nacht vor dieser Kiste, weiß nicht, was die da machen, aber die sind nicht wegzukriegen, die leben beinahe da, ja, alles, essen nebenbei, nein schlafen tun die gar nicht mehr, die leben nur mit ihrem Computer, ja, hab' ich mal drüber gelesen, in einer Illustrierten, die liegen ja hier haufenweise rum bei mir, ja, die müssen meschugge werden, und überhaupt, da hock' ich mich doch lieber schön vorn Fernseher abends, nicht, mach' 'ne Flasche Bier auf, oder auch zwei, ja, mein *Jever* trink' ich immer noch, das ist mir immer noch das liebste, hast Du gut in Erinnerung, ehrlich, *Jever* trink' ich schon, so lange ich Bier trinke, bin ich mit aufgewachsen mit, jaja, ich mag halt den herben Geschmack, weißt Du, was heißt hier zu bitter, mir kann Bier gar nicht bitter genug sein, komm', geh' mir mit Lager, das ist doch kein Bier, das ist 'ne Plürre, 'ne Brühe, nein, Bier muß gut gehopft sein, und für mich gibt es eben kein besseres als *Jever*, ich mein' vom Geschmack her, 'ne Flasche *Jever* und dazu 'n gutes Fußballspiel, und der Abend ist gerettet, och, Du, ein Fußballspiel kuck ich mir schon gern mal an, vor allem, seit man da diese privaten Sender empfangen kann, die übertragen ja fast jedes Spiel inzwischen, Bundesliga und Europapokal, oder Champions League, wie das jetzt heißt, genau, muß ja heute alles einen englischen Namen haben, nicht, also irgenwo gibt's immer ein Fußballspiel, das ist ja nicht mehr so wie früher, als es nur die *Sportschau* gab, inzwischen gibt's ja 'ne ganze Reihe anderer Sportsendungen, und das sind nicht mal die schlechtesten, also anfangs hab' ich ja auch gedacht, was besseres als die *Sportschau* können die doch gar nicht machen, aber dann hab' ich mal reingeschaut, aus reiner Neugier, da hatten sie damals ja eine ganz neue Sendung gemacht, *Anpfiff*, als Konkurrenz zur *Sportschau*, bei *RTLplus*, so hieß der Sender damals noch, gibt's nicht mehr, heißt inzwischen nur noch *RTL*, ohne plus, und die Sendung gibt's auch nicht mehr, haben sie bald wieder rausgeschmissen, angeblich zu teuer, zu wenig Zuschauer, schade, mir hat sie gefallen, ich fand sie flott, spritzig, und der Podbielski oder Pokorny, wie der hieß, so'n Strubbelkopp, Du weißt, wen ich meine, der war echt gut, so schön gemütlich, übrigens hab' ich den neulich mal wiedergesehen, ist noch nicht lange her, in einer Nachrichtensendung, da hat er die Sportnachrichten angesagt, hat ganz kurze Haare inzwischen, doch, wirklich, hätt' ihn beinahe gar nicht wiedererkannt, wenn ich nicht noch diese weiche, angenehme Stimme im Ohr gehabt hätte, daran hab' ich ihn wiedererkannt, an seiner Stimme, die hatte mir schon damals gut gefallen, diese weiche Stimme, und die gemütliche Art, wenn Du dagegen die Pappköppe von der *Sportschau* ansiehst, gräßlich, die hatten mal einen guten Ansager, vor Jahren, diesen Schnösel von *Radio Bremen*, ja, ein bißchen vorlaut war der manchmal, aber da steckte wenigstens was dahinter, das war nicht so 'ne Quasselstrippe, ich weiß, der ist abgewandert, zu *SAT1*, da hatten sie dann ja auch eine ganz neue Sportredaktion aufgebaut, Beckmann, genau, der ist ja inzwischen wieder bei der *ARD* und macht jetzt Unterhaltungsshows, irgendwas mit *Guiness*, ja, so 'ne Rekorde-Show, so was ähnliches wie *Wetten daß*, apropos *Guiness*, auch 'n gutes Bier, hervorragend, da ließe ich sogar noch ein *Jever* für stehen, doch wirklich, aber es muß irisches *Guiness* sein, nicht diese Plürre, die sie für den Kontinent brauen, doch, das merkst Du, das irische *Guiness* ist viel weicher, irgendwie sahniger, und bitterer natürlich, naja, ist ja auch egal, dieser Beckmann jedenfalls, der hatte damals einige Leute von der *ARD* weggekauft, nicht nur diesen, diesen Bremer, aber die Sendung ist arg aufgebauscht, überdimensioniert, und alle zehn Minuten oder so, da hau'n die jede Menge Werbung rein, also, das macht keinen Spaß, das zu kucken, da halte ich mich lieber wieder an die *Sportschau*, auch wenn das jetzt nur noch 'ne Schmalspurausgabe ist, wenn die da nur nicht so dröge Ansager hätten, also, dieser Fassbender, nee, das ist die letzte

Heulboje, oder früher dieser Meierdingsbums vom Südwestfunk, okay Südfunk, okay okay, es ändert sich alles so schell heutzutage, da kommst Du gar nicht mehr nach, hast ja Recht, inzwischen ist es der Südwestrundfunk, weil die ja unbedingt fusionieren mußten, ein Großsender für das Land, was, Du warst dafür, für diesen Größenwahn, Du warst dafür, das haut mich um, echt, das haut mich um, das war doch der größte Blödsinn, den sie machen konnten, der größte Blödsinn, ich sag' Dir was, das waren doch zwei gute Sender, waren das etwa nicht zwei gute Sender, na sag' schon, waren das etwa nicht zwei gute Sender, waren es doch, oder, hab' ich nicht Recht, und warum das dann zerstören, warum etwas, das gut ist, zerstören, sag', warum, nur weil ein starkes Land einen starken Sender braucht, das haben sie Dir doch eingeredet, das glaubst Du doch selbst nicht, na, lassen wir das, wir wollen nicht streiten, ich hab' meine Meinung, Du hast Deine Meinung, kehren wir zurück zu diesem Ansager, zu diesem, wie heiß er noch, Röhn, richtig, Meier-Röhn, schlimmer geht's nicht, aber man kann ja immer noch den Ton abstellen, nicht, dieses wunderbare Privileg hat man ja, hast Du schon mal bei der Übertragung eines Länderspiels den Ton abgedreht und dafür Radio eingeschaltet, mußte mal machen, echt, zum Schießen, die Radioreporter hinken immer hinterher, und so manche Szene, die erzählen die ganz anders, Du siehst auf 'm Bildschirm, wie's ist, und der Reporter faselt ganz was anderes, herrlich, aber, ich muß sagen, was die da mit dem Netzer auf die Beine gestellt haben, ist echt gut, das hör' ich gerne, ja richtig, diesen Reporter auch, der ist gut, kompetent, wenn der nur nicht immer so schnell daherreden würde, der hat ein Tempo drauf, nee, ich weiß nicht, diesen Kerner, nee, als Moderator ist er ja ganz erträglich, aber wenn der ein Fußballspiel übertragen soll, das ist die schiere Katastrophe, der quasselt und quasselt, und ist nie auf der Höhe des Geschehens, und dann gehört er zu der Masse derjenigen, die nur beschreiben können, was man ohnehin sieht, aber nicht erklären, was ich damit meine, nun, zum Beispiel, wenn der Reporter die Banalität verbreitet, daß der Linienrichter die Fahne gehoben hat, wegen Abseits, das seh' ich doch auch, ich seh' doch auch, daß er Abseits winkt, das muß mir der Reporter doch nicht erzählen, ich erwarte, daß er mir sagt, warum er Abseits gewunken hat, ich erwarte, daß er mir sagt, wie das Abseits entstanden ist, das siehst Du ja meistens im Bildausschnitt nicht, verstehst Du, ich erwarte, daß der Reporter mir das sagt, dafür ist er doch da, zudem hat er den besseren Überblick, naja, Zeitlupe ist ja gut und schön, aber erstens kommt sie nicht immer, und wenn sie kommt, kommt sie meistens spät, und zweitens seh' ich ja in der Zeitlupe auch, was passiert ist, dazu brauch' ich nicht den Reporter, nein, der Punkt ist, daß mir der Reporter klipp und klar sagt, der und der spielt zu spät ab, deshalb steht nun der und der abseits, oder so ähnlich, das erwarte ich, und das erwarte ich sofort, während des Spielzugs, bevor die Zeitlupe kommt und bevor der Linienrichter seine Fahne hebt, diese Dinge empfinde ich dann nur als Bestätigung, als Bestätigung für die Richtigkeit seines Kommentars, oder auch beim Foul, wenn zwei Spieler im Zweikampf umfallen, dann reicht es mir nicht, wenn der Reporter sagt, es gibt Freistoß für die und die Mannschaft, das krieg' ich ja am Bildschirm auch mit, ich erwarte eigentlich, daß er mir sagt, warum es diesen Freistoß gibt, wer da wen gefoult hat und wodurch, das ist nicht einfach, da geb' ich Dir Recht, das ist nicht einfach, man muß ein gutes Auge haben als Reporter und immer auf der Höhe des Geschehens sein, und das sind eben nicht viele, und die Fähigkeit, die Situationen auch richtig zu beurteilen, haben nun mal auch nicht viele, das sind ganz wenige, die das können, diesen Rubenbauer zähle ich dazu, der kann das, ansatzweise jedenfalls, er vermasselt sich das nur immer durch seine gedrechselte Sprache, blumig und schief, ja, da hast Du Recht, den hab' ich auch am liebsten, aber der ist ja jetzt bei *Premiere*, den hört man ja nur noch selten, aber *Premiere* kuck' ich nicht, nein, kommt nicht in Frage, ich zahl' meine Rundfunkgebühren, da kann ich dreißig Kanäle empfangen oder noch mehr, das ist mehr als genug, was soll ich da noch zahlen für einen weiteren, naja, das kannst Du machen wie Du willst, ich zahl' nicht dafür, basta, aber wo Du gerade den Reif erwähnt hast, kannst Du Dich an die Übertragung des Spiels *Real Madrid* gegen *Borussia Dortmund* erinnern, wo das Tor zusammengebrochen ist und die kein neues herbeischaffen konnten, nein, nicht gesehen, also was der damals gemacht hat, der Reif, in dieser Stunde, in der nichts passierte, in der sie nur versuchten, ein neues Tor herbeizuschaffen, was der da gemacht hat, zusammen mit dem, na, wie heißt er noch, dieser Lange, der jetzt immer die Fragen stellt, A, B, C oder D, Jauch, ja Günther Jauch, was die beiden da zusammengequatscht haben, der Reif in Madrid, der Jauch im Studio, herrlich, das war eine Glanzleistung, da hast Du echt was verpaßt, das war ja im Grunde Nullgeschehen, da passierte ja nichts, eine Stunde lang passierte nichts, absolut nichts, und die haben voll übertragen, die ganze Stunde, bis die dann doch noch ein neues Tor aufgetrieben haben, und Reif und Jauch haben die ganze Zeit kommentiert, live, aus dem Stehgreif, die waren saukomisch, die beiden, saukomisch, das war spannender als das ganze nachfolgende Spiel, richtig, der Reif kommt ursprünglich vom *ZDF*, vom *Sport-Studio*, ach, geh' mir mit dem *Sport-Studio*, das kannst Du doch erst recht vergessen, das ist doch ein Langweiler inzwischen, ein Langweiler ist das, ja, früher, da war das mal 'ne gute Sendung, in den Sechzigern, ja von wegen, die gute alte Zeit, Du brauchst Dich gar nicht lustig zu machen, das waren innovative Jahre, die Sechziger, nichts danach war je wieder so innovativ, und auch das *Sport-Studio* war innovativ damals, die machten alles mögliche damals, Jazzbands waren da, Kabarettisten, jaja, *SAT1* will sowas ja jetzt auch einbauen in die neue *ran*-Sendung, aber die soll ja erst um zwanziguhrfünfzehn starten, ist das nicht die Höhe, ist das nicht unglaublich, und das alles nur, damit der Kirch sein *Premiere* besser verkaufen kann, der hat zu wenig Abonnenten bisher, ich sag' Dir was, um zwanziguhrfünfzehn, da kuckt niemand Fußball, das ist hirnrissig, das zu glauben, oder, hab' ich nicht Recht, und das *Sport-Studio*, das *Sport-Studio* wollen sie nun auf den Sonntag verlegen, weil nach der späten *ran*-Sendung keiner noch eine weitere Sportsendung sehen will, sagen sie jedenfalls, naja, wozu sich aufregen, kannst ja eh nichts dran ändern, als kleiner Zuschauer biste ja sowieso machtlos, was soll's, aber ich sag' Dir was, ich kuck künftig kein Fußball mehr, ich nicht, das ist vorbei, um zwanziguhrfünfzehn kuck ich kein Fußball, ohne mich, mich kriegen die als Zuschauer nicht, auch wenn sie Unterhaltung mit einbauen wollen, aber das mit der Unterhaltung, das ist nun ja auch nicht neu, ist alles schon mal dagewesen, in den Sechzigern, im *Sport-Studio*, ja, war 'ne innovative Sendung damals, und einen ganz neuen Reportage-Stil hatten sie entwickelt, im *Sport-Studio*, naja, das mußten sie wohl auch, denn sie gingen ja immer erst abends um zehn auf Sendung, oder halb elf, und da war den Zuschauern ja schon das Ergebnis bekannt, und die meisten hatten wohl auch schon die Kurzberichte in der *Sportschau* gesehen, also mußten sie sich im *Sport-Studio* eben was neues einfallen lassen, sie setzten denn auch das Ergebnis als bekannt voraus und konzentrierten sich darauf, wie das Ergebnis zustande kam, sie erläuterten Spielzüge, Spielerverhalten und so, analysierten die Entstehung bestimmter Schlüsselszenen, verstehst Du, diese Dinge stellten sie in den Mittelpunkt, und sie hatten jede Menge guter Leute, im *Sport-Studio* damals, Oskar Klose, Werner Schneider, kennst Du wohl alle nicht, und diesen Thoelke, der dann weggegangen ist, um diese Quizsendung zu machen, ja, genau die, läuft die nicht sogar heute noch, nein, nicht, naja, ist ja auch egal, ich hab' das selten gekuckt und kenn' mich da auch nicht so aus, und alles live, alles haben die live gemacht, damals im *Sport-Studio*, und die konnten damals mit unvorhergesehenen Situationen umgehen, das konnten die noch, die beherrschten noch ihr Metier, die waren allen Situationen gewachsen, da gab es doch mal diesen Boxer, der sich Prinz von Homburg nannte, nicht, Norbert Grupe hieß er, glaub' ich, sagt Dir nichts, auch gut, ganz verrückter Vogel war das, und der war damals ins *Sport-Studio* geladen, war' richtig ein Wunder, daß der kam, und der Rainer Günzler, der sonst immer die Autotests gemacht hat, der hatte nun diesen Prinz von Homburg zu interviewen, aber der verweigerte sich, der wollte nicht, antwortete einfach nicht, nee, der antwortete nicht, der wollte nicht, genau wie Lüder, der wollte einfach nicht, na, und der Rainer Günzler blieb ganz cool, stellte seine erste Frage, aber der Prinz von Homburg blieb stumm, der Rainer Günzler ließ sich nicht im geringsten beeindrucken, stellte seine nächste Frage, und der Prinz von Homburg blieb wieder stumm, sagte nichts, neenee, ja, da hat der Günzler dann ganz locker abgebrochen, Prinz von Homburg, wir danken Ihnen für dieses aufschlußreiche Gespräch, oder so ähnlich und hat das Programm weitergemacht, als ob nichts geschehen sei, super, aber heute kannst Du doch das ganze *Sport-Studio* vergessen, ich sag' Dir was, das ganze *Sport-Studio*, das kannst Du meinetwegen in die Wüste schikken, dahin, wo der Pfeffer wächst, und das *ZDF* gleich hinterher, alles die gleiche Chose, also, ich für meinen Teil find' an dem ganzen *ZDF* keinen Gefallen, um es mal gelinde auszudrücken, was heißt hier Tittensender, wieso mein Tittensender, ich will Dir mal was sagen, ja, *RTL*, ja, die bringen bessere Sachen als *ARD* und *ZDF* zusammen, zum Teil wenigstens, die Spielfilme, die Serien, *Cobra*, *Balko*, *Motorrad-Cops*, die sind doch professionell gemacht, und schau' Dir mal die Nachrichtensendungen an, erstklassig, und gute Leute haben sie auch, okay, also diese Sexfilme, Mann, sicher, das ist Murks, das ist Kinderkram, das sind doch ganz olle Kamellen, zwanzig Jahre alt und älter, ja, in den Sechzigern und Siebzigern gedreht, da haben wir sie wieder, die Sechziger, ganz schön modern heute, was, klar doch, das ging doch da los mit dieser ganzen Sexwelle, da gab's doch kaum Pornographie, jedenfalls nicht in dem Maß wie heute, und auch nicht in aller Öffentlichkeit, und Sexkinos, Sexkinos gab's auch nicht, ach was, gab's doch damals nicht, da haben wir auf der Schule, ich erinnere mich genau, im Deutschunterricht haben wir doch diskutiert, über Pornographie und ob man Pornographie freigeben sollte, war' ja verboten damals, ja, wenn ich's Dir doch sage, deshalb haben die dieses ganze Aufklärungszeugs gedreht, *Helga*, und wie die alle hießen, Oswalt Kolle, *Deine Frau das unbekannte Wesen*, oder so ähnlich, waren ganz große Renner damals, denn unter dem Deckmantel der Aufklärung konnten sie das alles bringen, und dann gab's ja auch diese Zeitschriften, *Jasmin* und so, ja, und irgendwann haben sie dann Pornographie freigegeben, in unserer Klasse waren sie ja auch alle für die Freigabe, Lüder vielleicht ausgenommen, der war skeptisch, aber so richtig dagegen war er auch nicht, gegen die Freigabe, meine ich, ich kann mich jedenfalls nicht erinnern, ja, irgend jemand von uns hatte damals in der Zeitung gelesen, daß sie in diesen freizügigen skandinavischen Ländern, Schweden war's wohl, oder Dänemark, daß sie da Pornographie abgeschafft hätten und daß daraufhin die Zahl der Vergewaltigungen zurückgegangen sei, ja, da gab's sogar irgend so einen statistischen Zusammenhang, hatten sie damals rausgefunden, gelt, das ist ein wunderschönes Argument, was, hört sich ungeheuer gescheit an, nicht, und liberal mußte man ja auch sein damals, also kurz und gut, eins kam zum anderen, und siehe, alle in unserer Klasse sprachen sich für die Freigabe aus, jaja, verrückte Zeit, damals, und jetzt dudeln sie die ollen Kamellen dieser Jahre im Fernsehen ab, *Liebesgrüße aus der Lederhose, Schulmädchenreport, Hausfrauenreport, Sekretärinnenreport* und wie sie alle heißen, allein von diesem *Schulmädchenreport* haben sie doch neun oder zehn Folgen gedreht, oder noch mehr, muß man sich mal vorstellen, und jetzt zeigen sie das Zeugs im Fernsehen, nach zwanzig oder dreißig Jahren oder so, und alles regt sich wieder auf, noch mehr beinahe als früher, so, als hätte es die Jahre dazwischen nicht gegeben, verstehe das, wer will, na, Mensch, was ist denn das Fernsehen anderes als mein Kiosk, da liegen sie doch alle rum, diese Magazine, jede Menge nackter Weiber drauf, und, regt sich ein Schwein darüber auf, ach was, kein Mensch erregt sich, aber wenn ich dem kleinen Pinscher von meinem Nachbarn mal zu nahe komme und auf die Pfoten trete, dann hab' ich gleich 'ne Anzeige vom Tierschutzverein am Hals, also irgendwo fehlt doch in unserer Gesellschaft das richtige Verhältnis, oder, hab' ich nicht Recht, geh' doch mal ins Restaurant, nicht mehr in Ruhe essen kannst Du da, immer sabbert doch da unter irgendeinem Tisch so 'n Vieh rum, und wenn dann neue Gäste kommen mit 'nem neuen Vieh, Du, dann fangen die Köter da im Lokal noch an, sich zu bekämpfen, jaja, fürchterlich, aber keinen regt das auf, finden alle ganz normal, noch nicht mal unhygienisch, aber wenn der Ober den werten Gästen die Suppe serviert, und es findet sich ein Haar vom Koch darin, dann ist das Geschrei groß, dann ist der Ruf des Hauses ruiniert, jaja, ehrlich, wir sind doch inzwischen so weit, daß wir eher ein Hundehaar in der Suppe tolerieren als ein Menschenhaar, aber unternehme einer mal was gegen Hunde, hast Du doch bei dieser ganzen Debatte über Kampfhunde gesehen, massenweise gingen die Hundebesitzer auf die Straßen und demonstrierten gegen die Auflagen der Behörden, massenweise, wenn's um Hunde geht, schrei'n die Leute auf, aber brennt da mal 'ne Synagoge, wieviel geh'n dann auf die Straße, siehste, also, nicht einmal der Lüder hat sich getraut, was gegen Hunde zu unternehmen, und wenn der sich nicht traut, obwohl, vor zwanzig Jahren da hätte der garantiert was unternommen, aber er war zum Schluß halt nicht mehr der Alte, nee, war er nicht mehr, hat sich doch sehr verändert, mit den Jahren, natürlich, Du hast Recht, man muß da unterscheiden, Hund ist nicht gleich Hund, da gibt es liebe Tiere, zugegeben, aber mir geht's um die Einstellung, gelt, irgendwie fehlt da das rechte Maß, nicht, wehe, da erlaubt sich mal 'ne Familie mit zwei Kleinkindern essen zu gehen, also, die müssen froh sein, wenn die überhaupt einen Platz kriegen, naja, offen unternimmt natürlich niemand was, aber Du merkst das halt an den Reaktionen der Gäste, nicht, an deren Blicke, an der Atmosphäre halt, nicht, Kinder haben im Restaurant nichts zu suchen, ehrlich, manchmal glaub' ich das schon selber, kuck Dir doch nur mal im Fernsehen diese Werbung für Hundefutter an, Du denkst, Du sitzt im Irrenhaus, nein, ich hab' gar nichts gegen Hunde, aber muß man Tiere denn wie Menschen behandeln, sag' mir, muß man das, kein Tier würde ein anderes Tier wie einen Menschen behandeln, der Mensch aber tut es, naja, da hast Du auch wieder Recht, Menschen behandeln sich auch oft wie die Tiere, trotzdem, meinen Kiosk kennst Du ja, nicht, was hängen da für Zeitschriften über Tiere, vom Angeln über Hundefreunde, Katzen, Pferde, Zierfische, alles, kannst Du alles haben, und was gibt's über Kinder, komm' mal in meinen Kiosk, kuck Dir das Sortiment an, da findest Du nichts, aber jede Menge Schnickschnack, *Feinschmecker, Schöner Wohnen, Ambiente,* und all so'n Zeugs, in Hülle und Fülle, ist das gesund, jaja, freie Meinungsäußerung, alles gut und schön, soll ja auch sein, aber es kommen ja doch nur diejenigen zum Zuge, die am lautesten schreien, und Kinder, ja, natürlich, Kinder schreien auch laut, das gehört ja zum Wesen eines Kindes, daß es schreit, nicht, wenn es nicht schriee, wäre es krank, aber Du weißt schon, wie ich's meinte, Kinder werden doch nicht ernst genommen, genau, Du sagst es, Kinder haben keine Lobby, der Lüder hat einmal gesagt, im letzten Sommer, bei mir im Kiosk, als wir aus dem Schwarzwald zurück waren und beim Bier zusammensaßen, natürlich *Jever,* das trank auch Lüder gern, das zählte auch zu seinen Lieblingsbieren, noch lieber aber trank er *Härke,* falls Du das kennst, kommt aus Peine, also aus unserer Ecke da oben, ist ein gutes Bier, trink' ich auch gern, aber hier unten gibt's das nicht, das gibt's nur da oben, ist nur 'ne kleine Brauerei, die können sich keinen großen Vertrieb leisten, also, der Lüder sagte damals, nach unserem Urlaub, daß wir zusammen im Schwarzwald waren, weißt Du, nicht, na, muß ich Dir mal von erzählen, ein anderes Mal vielleicht, also, der Lüder sagte damals, die Welt würde wahrscheinlich ganz anders aussehen, wenn wir alle anders erzogen wären, gelt, das kriegt eine ungeheure Bedeutung jetzt so im nachhinein, ich meine, wo er jetzt tot ist, der Lüder, aber für ihn war's ein Erziehungsproblem, ganz eindeutig, ja, ich weiß auch nicht so recht, ob man alles auf die Erziehung zurückführen kann, ich meine, ausschließlich auf die Erziehung, genau, da spielen noch viele andere Sachen mit, meine ich auch, aber da gab es doch in den Sechzigern, Du gestattest, daß ich mal wieder in diese Zeit zurückgehe, da gab es doch diesen Neill, nicht, ja, Neill, Alexander Sutherland Neill, ein Psychologe oder Pädagoge, der hatte doch damals diese Schule, das heißt, die hatte er schon länger, also, die hatte er früher schon, aber in den Sechzigern ist er eben bekannt geworden, durch dieses Buch, das eigentlich gar keins war, der Verlag hatte lediglich aus seinen früheren Büchern, die sich überhaupt nicht verkauften, verschiedene Kapitel herausgenommen und unter anderem Titel verkauft, wart's doch mal ab, *Theorie und Praxis der antiautoritären Erziehung* hieß das, ja, fällt der Groschen, schon mal gehört, wunderbar, diese Schule gibt es übrigens immer noch, in England oder Schottland, irgendwo da drüben jedenfalls, hab' ich gelesen vor längerer Zeit, ich glaub' sogar im *Zeit-Magazin*, als es das noch gab, ist ja eingestellt mittlerweile, da war mal 'ne Reportage drin, genau, in meinem Kiosk liegt das Zeugs ja alles rum, obwohl, die Behörden wollten diese Schule ja immer schließen, kann sein, daß sie inzwischen geschlossen ist, ist ja auch egal, jedenfalls hab' ich da im *Zeit-Magazin* mal 'ne Reportage gelesen, also der Neill ist damals für antiautoritäre Erziehung eingetreten, ja, das hat mächtig Wirbel verursacht, das Buch, überall wurd' das diskutiert und wie meist in solchen Fällen zerredet und zerredet und natürlich völlig falsch verstanden, vielleicht auch bewußt falsch verstanden, man hat ihm einfach unterstellt, er wolle, daß die Kinder tun und lassen dürfen, was sie wollen, klar, die Eltern verstanden das so, die wollten das so verstehen, die wollten ja ihre Autorität nicht einfach hergeben, also diese Funktion jedenfalls, dabei hatte der Neill das gar nicht gemeint, vielleicht lag's auch an dem Wort antiautoritär, wurde sogar ein Schimpfwort mit der Zeit, damals, aber der Neill meinte einfach, daß die Eltern keine Autorität mehr ausüben sollten, sie sollten den Kindern einen möglichst großen Entscheidungsspielraum lassen, ihnen helfen, raten, sie führen, aber ihre Autorität, also Autorität im Sinne von Vorbild, die sollten sie behalten, na klar, das stellte an die Eltern enorme Anforderungen, Schlagen ist eben einfacher, gelt, aber ein Kind ist nun mal kein Hund, den man abrichten kann, jedenfalls wurde die antiautoritäre Erziehung ziemlich verunglimpft damals, für jedes Rabaukentum mußte gleich die antiautoritäre Erziehung herhalten, naja, der Lüder, der Lüder hielt viel von antiautoritärer Erziehung damals, ja, er hat viel gelesen, Seminare besucht, und einmal hat er sich in der Schule sogar freigenommen, ja, da wollte er eine Tagung besuchen, in der *Evangelischen Akademie Loccum,* glaub' ich, die veranstalteten damals so was, Großfamilie und antiautoritäre Erziehung, sowas in der Richtung, ja, die Kirche war da sehr engagiert, ist sie ja heute auch noch, die evangelische Kirche jedenfalls, die katholische auch, da hast Du Recht, aber andersherum, die engagiert sich für den *Paragraphen 218,* gelt, naja, der Lüder hat freibekommen, ja, wir haben das alle nicht glauben wollen, der Lüder, einer der Schlechtesten in der Klasse, zweimal hängengeblieben, und er kriegt frei, aber der Lüder, der hat oft so Sachen hingekriegt, er durfte auch einen Bart tragen, also damals waren Bärte verboten auf der Schule, lach' nicht, im Ernst, Du durftest keinen Bart tragen, konntest Du für fliegen, und der Lüder, der hatte sich immer in den Ferien einen Bart wachsen lassen, ja, schon mit sechzehn, weiß nicht, irgendwie mochte er Bärte, nein keinen Vollbart, nur Oberlippe und Kinn, ja, und eines Tages kam er so auch in die Schule, ha, das hat einen Aufschrei gegeben, er mußte bis zum Direx, Direktor, und dann haben sie ihn aufgefordert, den Bart abzunehmen, aber da hat Lüder nur ganz seelenruhig ein Attest aus der Tasche gezogen, von einem Arzt, daß er unter einer Hautkrankheit leide und sich nicht rasieren könne, zumindest nicht in der Mundgegend, haben sie ihm natürlich nicht geglaubt, stimmte ja wohl auch nicht, glaub' ich jedenfalls, aber, was sollten sie machen, Lüder durfte den Bart tragen, und dann dauerte es nicht lange, da ließen sich andere auf der Schule auch einen Bart wachsen, zwei, drei nur, aber immerhin, sie taten's, sie sagten, wenn der Lüder dürfe, müßten sie auch dürfen, und sie durften dann, ja, gelt, man muß nur die Zähne zeigen, dann geht's, daran hat sich nichts geändert, na, und für die Tagung in Loccum hat es der Lüder auch irgendwie geschafft, er hatte damals 'ne Freundin, Martha oder Magda oder so, und deren Vater war Pastor, und dieser Pastor und unser Klassenlehrer kannten sich gut, naja, und als der Lüder dann unserem Lehrer sagte, er wolle mit seiner Freundin nach Loccum, zu dieser Tagung, da konnte der gar nicht mehr anders, da hat er eingewilligt, tja, wer redet heute noch von antiautoritärer Erziehung, aber so geht's oft mit großen Ideen, werden falsch verstanden und ad acta gelegt, bei Marx doch genau dasselbe, die Leute lesen etwas, begreifen es nicht richtig oder nur halb, und picken sich das raus, was sie meinen, verstanden zu haben und gerade für ihre Zwecke brauchen, und was wird draus, was völlig anderes, und wenn's nicht klappt, dann ist derjenige schuld, der die Idee hatte, nicht der, der sie umsetzte, oder das umsetzte, was er von der Idee verstanden hatte oder übrig ließ, war schon immer so, wie im alten Rom, da haben sie den Überbringer schlechter Nachrichten auch gleich den Löwen vorgeworfen, obwohl der ja gar nichts dazu konnte, daß die Nachricht schlecht war, mit dem Sozialismus genau dasselbe, hör' sie Dir doch an, wie sie jetzt jauchzen, der Sozialismus sei tot, nur, weil die Systeme da im Osten umgefallen sind wie Dominosteine, völliger Quatsch, wenn etwas tot ist, so doch wohl nicht der Sozialismus als solcher, sondern allenfalls der Sozialismus dieser Systeme, aber es paßt nun mal vielen in den Kram, den Sozialismus für tot zu erklären, und ob sich das als Segen herausstellen wird, das werden wir erst in zwanzig Jahren wissen, oder in dreißig, vierzig, fünfzig, also, Du kennst mich doch, ich bin kein Sozi und Kommunist schon gar nicht, bin ich ein Sozi, na also, aber ich sag' Dir was, der Wettstreit der Systeme, der war gar nicht schlecht, das war gar nicht schlecht, daß der Kapitalismus was hatte, woran er sich jahrelang reiben konnte, sonst wär' der gar nicht das geworden, was er heute ist, und jetzt, nur noch Kapitalismus, wohin Du kuckst, ich sag' Dir was, in fünfzig Jahren ist auch der Kapitalismus am Ende, noch frohlocken sie alle, aber wenn der Gegner fehlt, das Feindbild, was will den Kapitalismus jetzt noch anstacheln, na, was, sag' schon, in fünfzig Jahren ist der weg, sag' ich Dir, und dann entsteht was anderes, etwas, von dem man noch gar nichts weiß, nee, an Marsmenschen glaub' ich nicht, vielleicht haben wir dann den Computismus, ehrlich, diese elektronischen Systeme, dieser ganze Internet-Kram, genau, *New Economy* nennen sie das inzwischen, ich versteh' ja nichts davon, das ist ja so kompliziert, daß nur wenige dies Zeugs beherrschen, und eines Tages, da sind diese Systeme so kompliziert, daß sie niemand mehr beherrschen kann, dann verselbständigen sich die Systeme, bestimmt, bin ich fest von überzeugt, da kann man die nicht mehr beherrschen, nur noch die sich selbst, das wird kommen, so oder so, der Lüder und ich, wir haben ja oft darüber gesprochen, sogar im letzten Sommer noch, denn der Lüder, der hat Computer gehaßt, der sah regelrecht rot, wenn die Sprache drauf kam, der hätte sie am liebsten abgeschafft, sag' ich auch, da kannste nichts gegen machen, das kommt, und Lüder hab' ich das auch ständig gesagt, Lüder, hab' ich gesagt, da kannst Du gar nichts gegen machen, das Zeitalter der Computer kommt wie das Amen in der Kirche, genau, die Entwicklung läßt sich nicht aufhalten, die Computer werden sich durchsetzen, ob wir das nun wollen oder nicht, dagegen sind wir machtlos, die werden sich einmal durchsetzen, und dann wird es einmal so sein wie heute mit dem Telefon, einfach nicht mehr wegzudenken, ist doch so, oder, oder könnten wir heute ohne Telefon leben, oder ohne Handy gar, noch so 'n englischer Ausdruck, richtig, den verwenden nur die Deutschen, in England oder Amerika redet niemand vom Handy, da kennen die den Begriff gar nicht, wissen gar nicht, was das ist, na, und wie lange gibt's schon Handys, grad' 'n paar Jahre, sind aber inzwischen nicht mehr wegzudenken, nicht im Traum könnten wir noch ohne sie leben, die sind uns doch schon in Fleisch und Blut gegangen, das merken wir schon gar nicht mehr, wo Du hinkommst, überall steht doch da einer mit so 'nem Ding am Ohr und quasselt, so wie wir jetzt, genau, da hast Du Recht, wir quatschen uns auch ganz schön die Hucke voll, aber ist doch schön, oder, ist doch schön, so eine gepflegte Plauderei am Morgen, einfach so drauflosplappern, ohne Grund, das ist doch herrlich, Kommunikation ist herrlich, ist doch so, oder, hab' ich Recht, ich sag' Dir was, Gerd, das braucht man auch, der Mensch braucht das, man muß auch mal miteinander quatschen können, einfach so, ohne Schnickschnack, so wie einem der Schnabel gewachsen ist, ohne Nachzudenken, einfach so, das Denken soll man besser den Pferden überlassen, gelt, was, den Spruch kennst Du nicht, hat früher immer unser Chemielehrer losgelassen, Bolle Waldmann, das Denken solle man den Pferden überlassen, erstens haben sie größere Köpfe, und zweitens können sie's besser, ha ha ha, so geht's mir auch, der Spruch trieft nur so vor Komik, aber da kannste mal sehen, was man von den Lehrern so alles lernt, vor allem, was nach all der Zeit noch hängen geblieben ist, von Chemie weiß ich nichts mehr, aber diesen Spruch, den kenn' ich immer noch, den werd' ich auch so schnell nicht vergessen, der ist haften geblieben, wirklich, was einem die Lehrer so alles beibringen, was, dumme Sprüche, nichts als Sprüche, na, sollen wir noch ein bißchen, oder hast

Du noch was vor, was Dringendes, nein, auch nicht in die Kirche, prima, dann also weiter im Text, Handy war, glaub' ich, unser Stichwort, wir waren beim Handy, ohne das wärst Du doch heute der letzte Depp, oder, ein Hinterwäldler, ein Fossil aus dem letzten Jahrhundert, ist doch so, oder, und mit dem Telefon war es genauso, ohne Telefon könnten wir doch gar nicht mehr leben, da würde doch nichts mehr klappen, in unserer Gesellschaft, da würde alles länger dauern und wäre umständlicher, so brauchen wir beide doch nur zum Hörer zu greifen, ein paar Zahlen eingeben, und dann können wir schwafeln, so lange, wie wir wollen, und so wird es mit dem Computer auch kommen, irgendwann einmal gehören die zum Leben dazu, wie das Telefon, der Fernseher, die Waschmaschine, das können wir nicht ändern, hab' ich dem Lüder gesagt, aber Lüder meinte, wir müßten das ändern, sonst ginge die Menschheit zugrunde, sie degeneriere, das dürfe nicht zugelassen werden, hat er gesagt, ich hab' gelacht und gesagt, es gebe so viel, was nicht hätte zugelassen werden dürfen, die Atombombe zum Beispiel, die hätte auch nicht zugelassen werden dürfen, aber der Lüder hatte sich da in etwas verrannt, Computer, behauptete er, Computer zerstörten das Leben, also, ehrlich gesagt, so richtig verstanden habe ich ihn auch nicht, aber er hat wohl gemeint, Computer änderten unsere Denkgewohnheiten, nicht sofort, aber mit der Zeit, je mehr wir mit ihnen umgehen müßten, Computer seien dumm, hat er gesagt, sie denkten nämlich nicht, geschenkt Gerd, erinner' mich nicht an den blöden Spruch, denken täten die Menschen, hat Lüder gesagt, Computer führten nur aus, was die Menschen ihnen vordenken, aber das Entscheidende sei, wenn die Menschen ihnen was vordenkten, dann könnten die Menschen nicht so denken, wie sie es gewohnt seien, zu denken, sie müßten vielmehr ihr Denken reduzieren, Menschen seien es gewohnt, Dinge auf mehreren Ebenen zu erfassen, intellektuell, emotional, optisch, der Mensch könne das gleichzeitig, der Computer nicht, so weit, glaub' ich, hab' ich den Lüder noch verstanden, aber dann kam er mir mit dem Hotel und dem Reisebüro, damit wollte er mir irgendetwas beweisen, mal sehen, ob ich's noch zusammenkriege, also, ich glaub', er sagte, wenn Du ein Hotelzimmer buchen willst, irgendwo, und Du fragst im Reisebüro, dann kriegen die in Windeseile per Computer raus, ob was frei ist oder nicht, genau, der Computer antwortet mit ja oder nein, er kann Dir auch noch sagen ob es Dusche gibt oder nicht, Fernseher oder nicht, aber wenn Du ausgefallene Wünsche hast, wenn Du eine rote Tapete, einen grünen Teppich und ein großes Fenster mit Seeblick haben willst, kann Dir der Computer in der Regel nicht weiterhelfen, theoretisch könnte er das, er ist nur nicht drauf vorbereitet, er ist nicht so programmiert, und selbst wenn er so programmiert wäre, daß er Dir sagen könnte, ob es eine rote Tapete, einen grünen Teppich oder ein großes Fenster mit Seeblick gäbe, dann wären tausend andere Sachen denkbar, auf die der Computer nicht vorbereitet sein kann, auf alle theoretisch denkbaren Sachen kannst Du den Computer nicht programmieren, und selbst wenn Du es könntest, so wäre das nicht effektiv, meinte Lüder, denn die Fälle, wo jemand eine rote Tapete wünscht, oder einen gelben Kachelofen, die sind äußerst selten, können vorkommen, aber selten, wenn überhaupt, siehst Du, und deshalb sei es sinnvoll, meinte Lüder, den Computer nur auf solche Dinge zu programmieren, die sich oft wiederholten, der Computer setze also gewisse Standards, so gesehen schränke er den Freiheitsspielraum ein, meinte Lüder, denn die Standardfälle könne er in Windeseile beantworten, die ausgefallenen individuellen Wünsche aber nicht, und der Lüder hat das mal weiter gedacht, und da ist er zu der Schlußfolgerung gelangt, wenn unsere Welt einmal von Computern beherrscht werde, dann sei der Individualismus tot, dann hätten die Computer geschafft, was die Sozialisten und die Kommunisten vergeblich versucht hätten, dies sah der Lüder wohl, ja, mir ist das auch zu hoch, aber Lüder war nun mal so'n kleiner Intellektueller, der machte sich immer Gedanken, um alles mögliche, ziemlich unnütze Gedanken, mein' ich auch, jaja, Lüder war schon ein armer Hund, machte es sich selbst immer schwer, Gott sei Dank brauch' ich noch keinen Computer in meinem Kiosk, die Kunden wundern sich zwar immer, weshalb ich noch mit Bleistift anschreibe, also meine Buchhaltung noch per Hand erledige und keine elektronische Registrierkasse verwende, nein, hab' ich doch nicht, aber wozu, den Leuten gefällt's, die fühlen sich wohl bei mir, sie werden noch nach guter alter Sitte bedient, wie sich's gehört, und über Computer denke ich lieber nicht nach, die kommen so oder so, ob wir wollen oder nicht, aber ob das ein Fluch oder Segen sein wird, wer weiß das schon, weder Lüder, noch sonst wer, wird sowieso immer ganz anders, als man geglaubt hat, wozu sich unnütze Gedanken machen, genau, wozu in die Zukunft schauen, die Gegenwart ist schön genug, und wer will denn schon wissen, wie die Zukunft ausschaut, sag' ich auch, wenn ich heute schon wüßte, was morgen sein wird, dann bräuchte ich doch gar nicht mehr zu leben, oder, hab' ich Recht, aber wenn man sich mal so anschaut, wo es diese Computer bereits gibt, wo die überall schon eingesetzt werden, dann kann man ja nicht gerade sagen, daß sie das Leben vereinfachen, oder, war' ich doch kürzlich auf der Bank, wollte Geld vom Sparbuch holen, ja, ich hab' mir doch einen neuen Tresen gekauft, einen schönen breiten, da sagen die doch auf der Bank, es täte ihnen unendlich leid, sie könnten mir kein Geld geben, ihr Computersystem funktioniere zur Zeit nicht, ich solle doch später noch einmal vorbeischauen, ja Du, da sah ich ganz schön alt aus, ist doch ein starkes Stück, was, richtig, hätt's früher nicht gegeben, da hätten sie per Hand schnell mein neues Guthaben ausgerechnet und ins Sparbuch eingetragen, so wie ich meine Umsätze rasch per Hand notiere, und ich hätt' mein Geld gehabt, heute hängt alles davon ab, ob zufällig grad' das System funktioniert, und wenn nicht, dann hast Du das Nachsehen, weil sie keine Eintragung vornehmen können, dann tut's ihnen unendlich leid, ja, und das nennen sie nun Dienstleistungsgesellschaft, wo ist da bloß der Dienst, oder die Leistung, im Supermarkt genauso, hast Du ganz Recht, wird alles schwieriger, umständlicher, da haben sie jetzt doch diese Lesegeräte, da halten sie die Sachen nur noch über so ein Fenster, schwupp, und der Preis ist registriert, da brauchen die gar nichts mehr zu tippen, ja, prima, wenn's funktioniert, aber wo funktioniert schon alles, und versuch' erst mal, Dein Geld wiederzukriegen, wenn da ein falscher Preis eingegeben wurde, Preisschilder gibt es ja nicht mehr, das sind ja inzwischen diese Strichcodes, mit denen Du gar nichts anfangen kannst, nur das Lesegerät weiß, was das zu bedeuten hat, aber wenn da mal der falsche Strichcode drauf ist, und Du willst Dein Geld zurück, ja, das geht nicht so einfach, da muß erst storniert werden, und das darf dann auch nicht jede kleine Kassiererin, da muß sie erst die Chefin holen, und bis sie die dann gefunden hat, also, das ist alles fürchterlich umständlich geworden, aber was willste machen, so sind die Zeiten, gelt, ja, genau, was nicht zu ändern ist, ist nicht zu ändern, aber Lüder wollte sich damit nicht abfinden, der wollte glatt eine Bürgerinitiative ins Leben rufen, Bürger gegen Computer, ausgerechnet Lüder, aber er hat niemanden gefunden, der mitmachte, nee, wirklich, wollte niemand mitmachen, das hat ihn mächtig gewurmt, was seien die Leute nur träge geworden, meinte er, niemand zeige noch Mut und Entschlossenheit, keiner ergreife Initiative, alles werde hingenommen, alles Schwächlinge, genau, keine Liebe mehr unter den Menschen, so kann man's auch sagen, da triffst Du den Nagel mitten auf den Kopf, aber dem Lüder war überhaupt nicht nach Scherzen, keiner habe etwas gelernt aus der Vergangenheit, schimpfte er noch im letzten Sommer, was er denn damit meine, hab' ich gefragt, ich hab' ihn nicht verstanden, konnte mir keinen Reim auf seine Worte machen, da hat er mir vielleicht einen Vortrag gehalten, Du, einen ganzen Roman hat er wohl erzählt, einen Rundumschlag durch die deutsche Geschichte, kreuz und quer und wieder zurück, ich hab' fast abgeschnallt, wußte gar nicht, daß er ein so politischer Mensch war, jaja, bei den Nazis fing er an, bei der Stasi hörte er auf, ob ich eine Ahnung habe, wo alle diese Stasi-Gesellen seien, dieser ganze Behördenapparat, irgendwo müßten sie doch sein, die könnten doch nicht alle verschwunden sein, aber miste da jemand aus, lege da jemand den Sumpf trocken, gebe es eigentlich eine öffentliche Meinung zu dieser ganzen Angelegenheit, und wenn ja, wo sei sie, Geschichte wiederhole sich, aus der Geschichte könne man lernen, wenn man wolle, aber man wolle ja gar nicht, ja, Gerd, ich war genauso platt, ich kriegte das nicht zusammen, das klang in meinen Ohren nach wirrem Zeugs, gebe es eigentlich noch eine außerparlamentarische Opposition, fragte er mich, wie in den Sechzigern, wer gründe eigentlich noch Bürgerinitiativen, und welche Bürgerinitiativen erreichten eigentlich noch etwas, richtig, ich hab' dem Lüder auch gesagt, ganz so sei es ja nicht, es gebe genug Bürgerinitiativen, die noch etwas erreichten, das seien doch alles nichts anderes als verkappte Kleingärtnervereine, meinte Lüder, engagieren solle man sich, nicht palavern, richtig, das müsse ausgerechnet er sagen, hab' ich gesagt, ausgerechnet er, der sich früher immer verweigert habe, wir haben richtig gestritten, der Lüder und ich, und Lüder, Lüder ging tatsächlich in sich, es sei richtig, daß er sich früher verweigert habe, sagte er, aber er habe eben gelernt, er schon, er müsse etwas tun, sagte er, und warum ich eigentlich nicht mitmachen würde, warum ich mich nicht engagieren würde, na Du, da hab' ich ihm aber was erzählt, sage ich Dir, meine Kraft, hab' ich gesagt, meine Kraft verschwendete ich nicht für Dinge, gegen die ich nichts ausrichten könne, ich engagierte mich sehr wohl, hab' ich gesagt, ich engagierte mich tagtäglich in meinem Kiosk, für meine Kunden, damit sie zufrieden seien, damit sie gut bedient würden, damit sie sich wohl fühlten, dafür engagierte ich mich, hab' ich Lüder gesagt, aber nicht für solche Spinnereien wie er sie gegen Computer im Schilde führe, was das überhaupt für einen Sinn haben solle, hab' ich Lüder gefragt, ob auch nur ein Problem auf der Welt gelöst werde, wenn er seine Kraft auf die Computer verschwende, er solle seine Kraft besser auf das Erreichbare konzentrieren, nicht auf das Unerreichbare, hab' ich gesagt, so, wie ich es machte, ich würde mich im Kleinen engagieren, nicht im Großen, da, wo ich's könnte, da, wo ich benötigt würde, ich würde sicher keines der Weltprobleme lösen, weder den Hunger, noch die Armut, weder die zunehmende Umweltverschmutzung, die drohende Klimakatastrophe, noch BSE, da würden sich ganz andere schon die Zähne dran ausbrechen, hab' ich dem Lüder gesagt, aber bei mir im Viertel, da würde ich ein Stück Geborgenheit vermitteln, die Leute wüßten, was sie an mir und meinem Kiosk hätten, und sie würden etwas vermissen, die Welt wäre für sie ärmer, wenn mein Kiosk plötzlich nicht mehr wäre, aber das Vertrauen der Menschen, hab' ich Lüder gesagt, das müsse ich jeden Tag wieder neu gewinnen, da könne ich mich nicht ausruhen, da könne ich mich auch nicht einfach hinstellen, wie diese Bank da, und meinen Kunden, sagen, sie könnten kein Wechselgeld kriegen, weil mein System nicht arbeite, das könne ich mir nicht leisten, ja Du, ich hab' ganz schön vom Leder gezogen, Lüder sagte, er könne nicht einfach zusehen, wie sich die Computer immer mehr verbreiteten, er müsse etwas tun, er wisse auch nicht was, er habe ja schon versucht, dagegen zu schreiben, er war ja lange Jahre journalistisch tätig, weißt Du, aber ja, er hat geschrieben, viel geschrieben, auch anderes, auch Gedichte, nebenbei bemerkt, und Geschichten und so 'n Zeugs, so ist er ja auch zu seinem Namen gekommen, alles was er geschrieben hat, hat er unter Lüder geschrieben, nicht unter seinem wirklichen Namen, doch, doch, ja, er hieß nicht Lüder, den Namen hat er sich nur zugelegt, er hieß anders, nein, das verrat' ich Dir nicht, nein, mach' ich nicht, und wenn Du Dich auf 'm Kopp stellst, alter Jagdhund, ich sag's Dir nicht, was sollte das auch für einen Sinn haben, selbst für mich, der ich ihn ja schon länger kenne als Du, ist er schlicht

Lüder, im Grunde ist es doch egal, wie einer heißt, oder, ist das nicht egal, was sind schon Namen, Namen sind austauschbar, jedenfalls hat es Lüder nicht die Bohne geholfen, daß er gegen Computer geschrieben hat, das habe niemand zur Kenntnis nehmen wollen, also müsse er etwas anderes tun, tun müsse er was, das verlange sein Gewissen, jedem das Seine, hab' ich dem Lüder gesagt, ich hätte ein reines Gewissen, ich könne gut schlafen, auch wenn ich die großen Weltprobleme nicht lösen könne, so ginge ich doch jeden Abend mit der Gewißheit zu Bett, wenigstens ein paar Menschen Freude geschenkt zu haben, dadurch werde sich die Welt nicht ändern, hab' ich Lüder gesagt, das große Weltrad werde sich weiter drehen, aber im Kleinen, hab' ich Lüder gesagt, im Kleinen, da könne jeder etwas geben, und ausgerechnet der Lüder, der mit aller Macht gegen die Computer marschieren wollte, ausgerechnet der Lüder geht in die EDV-Branche, ja, der Lüder war schon eine sonderbare Marke, ja, richtig, sind wir ja ganz abgekommen von, bei all der Quatscherei, weißt Du, sein Chef, der kam aus einem Großunternehmen, einem Konzern, da war der mal ein hohes Tier gewesen, Leiter der Organisation oder sowas, hat sich dann selbständig gemacht, eines Tages, und dann diese Klitsche gegründet, neenee, war 'n fähiger Mann, wie Lüder sagte, der konnte wohl schon was, nur hat der einen Riesenfehler gemacht, der versuchte nämlich die Strukturen, die er von seinem früheren Unternehmen gewohnt war, auf seine neue Firma zu übertragen, natürlich war das Blödsinn, für so einen großen Konzern mit zigtausend Mitarbeitern, da macht das sicher Sinn, eine straffe Organisation aufzuziehen, ist wahrscheinlich sogar notwendig, geht vielleicht auch gar nicht anders, aber in so einer kleinen Klitsche mit gerade mal dreißig Mitarbeitern, oder zweiunddreißig, naja, es ist doch so, nicht alles, was in einer Situation eine Erleichterung ist, ist das auch in einer anderen Situation, ein Bagger zum Beispiel, der ist sicher eine Erleichterung, wenn Du ein großes Loch ausheben willst, da erspart er eine Menge

Schufterei, aber wenn Du, was weiß' ich, sagen wir mal, Tulpenzwiebeln stecken willst, da nützt Dir ein Bagger wenig, der wär' Dir eher hinderlich, so meine ich das, na, und dieser Chef, von diesem Konzern, der zwängte eben diesen kleinen EDV-Laden in enge Hierarchien, wenn Du verstehst, was ich meine, er ließ keine Freiräume, wie sie in solchen kleinen Unternehmen üblich sind, und wahrscheinlich auch notwendig, der wendete sich beispielsweise nicht direkt an seine Mitarbeiter, wenn er etwas mit ihnen zu besprechen hatte, er wendete sich an die jeweiligen Vorgesetzten, verstehst Du, streng nach Hierarchie, das heißt, die Vorgesetzten hatte er auch erst eingeführt, vorher gab es diese zweite Ebene gar nicht, das war der so gewohnt, diese Art, aber was noch schlimmer war, der sprach in der Regel nicht direkt mit den Vorgesetzten, der rief nicht mal an, der schickte immer so kleine Zettel, auf denen seine Anweisungen standen, das heißt, er selbst nannte das nicht mal Anweisungen, er nannte es Anregungen, ja, aber es waren natürlich Befehle, Du mußtest seine Anregungen schon befolgen, durftest sie nicht einfach übergehen, ja genau, da kannst Du mal sehen, wie subtil da in der Industrie gearbeitet wird, was, und er bat auch immer schriftlich um Stellungnahme, ja, total bescheuert, Lüder hat sich auch mächtig aufgeregt über diese, wie er sagte, menschenverachtende Behandlungsweise, in einem Konzern, meinte er, in dem man ja doch meistens weit entfernt zueinander sitzt, räumlich gesehen, manchmal auch an ganz verschiedenen Orten, da möge so ein schriftliches System ja vielleicht Sinn machen, aber in so einem kleinen Unternehmen, in dem alle eng beieinander säßen, noch dazu in einem Großraumbüro, da zeuge es doch eher von großem Mißtrauen, daß nur das geschriebene Wort zähle, denn ein solches System sei ja gar nicht einzusehen, da es doch viel effektiver sei, auf Zuruf zu arbeiten, weißt Du, Lüder war das so gewohnt, in den Redaktionen ging man ganz ungezwungen miteinander um, da mußten Entscheidungen ja sehr schnell getroffen werden, und da sprachen sich die Kolle-

gen eben direkt an, nicht, sicher, auch dann, wenn die grad'
mit einem Vorgang beschäftigt waren, das sei ruckzuck gegangen, sagte Lüder, und er habe geglaubt, daß in der schnell-
lebigen EDV-Branche ähnlich miteinander umgegangen werde, wird es wohl im allgemeinen auch, aber dieser Organisationsheini, der von diesem Konzern, der habe nur einen förmli-
chen Umgang zugelassen, da sei auch nicht schnell entschieden worden, wenn die Abteilungsleiter ihm die Dringlichkeit
erläutern wollten und eine schnelle Entscheidung erhofften
oder verlangten, dann hat der Chef nur geantwortet, er lasse
sich nicht unter Druck setzen, er werde entscheiden, wenn er
Zeit gefunden habe, den Vorgang zu prüfen, ja, ist das nicht
lachhaft, und dann dauerte es seine Zeit, und meistens hatte er
dann an der Vorlage noch was auszusetzen oder Rückfragen
oder was auch immer, und so habe sich plötzlich alles in die
Länge gezogen, sagte Lüder, absurd was, na, die Leute bege-
hen eben immer die gleichen Fehler und Kurzschlüsse, was
sich irgendwie irgendwo bewährt hat, das hat sich eben nicht
für immer und ewig bewährt, sondern nur dort, das ist es
doch, was immer übersehen wird, die Leute denken, einmal
gut, immer gut, und sie vergessen, daß das Gute aus einer be-
sonderen Situation heraus entstand und daher eben nur in
dieser Situation gut war, ist doch so, oder, der Denkansatz ist
falsch, jede Sitation erfordert ihre eigenen Maßnahmen, ist es
nicht so, hab' ich nicht Recht, eine Pflanze, die irgendwo
Wurzeln angesetzt hat, gedeiht eben nur dort, die kann man
auch nicht so mir nichts dir nichts umpflanzen, aber in der
Wirtschaft glaubt man wohl, ohne diese biologische Erkenntnis auszukommen, oder in der Politik, da ist das ja noch
schlimmer, bei den Kabinettsumbildungen, wenn der Entwick-
lungsminister plötzlich Wirtschaftsminister wird, der Verteidi-
gungsminister plötzlich Finanzminister, das machen die mit
der größten Selbstverständlichkeit, da haben die keine Hemmungen, grad' so, als ob ein Maurer über Nacht Tischler werden könnte oder ein guter Fußballspieler ein guter Trainer, das

Verrückte ist ja, es wird in solchen Situationen meist nicht mehr auf die Eignung geschaut, man sieht nur, da ist etwas, das sich bewährt hat, und weil es sich bewährt hat, muß es sich in anderen Situationen auch bewähren können, so ist der Denkansatz, anders wäre es doch nicht möglich, daß der Chef einer Zigarettenfabrik plötzlich Boß eines Großverlages wird oder der Bahnchef plötzlich in das Zeitungsgeschäft einsteigt, das ist doch nicht normal, oder, findest Du das normal, na also, in unserer Gesellschaft fehlt eben das rechte Maß, sagte ich schon, naja, dann scheine ich ja wohl Recht zu haben, oder, und so war das bei diesem Organisationsheini auch, der glaubte eben, was sich in dem Konzern bewährt habe, das müsse sich auch in der EDV-Klitsche bewähren, naja, Du kannst Dir ja sicher vorstellen, daß die anonyme Zettelwirtschaft die Leute vor den Kopf gestoßen hat, na Mensch, wenn die den Chef tagelang nicht zu Gesicht kriegen, sondern immer nur Anweisungen per Zettel erhalten, dann ist es doch wohl ganz natürlich, daß die sich fragen, wer sie eigentlich seien, daß sie so entwürdigend behandelt werden, wie ein x-beliebiger Gegenstand habe er sich gefühlt, hat mir Lüder im Sommer noch geklagt, natürlich, das persönliche Gespräch ist doch enorm wichtig, ich meine, nicht unbedingt für die tägliche Arbeit, sondern fürs Selbstwertgefühl, für das Klima im Allgemeinen, wenn Du verstehst, was ich meine, ich meine, der persönliche Kontakt ist doch einfach nicht ersetzbar, aber natürlich, meinst Du denn, meine Kunden kämen jemals wieder, wenn ich nicht täglich mit ihnen ein wenig plaudern würde, wenn ich nicht ihre Sorgen und Probleme anhörte, wenn ich ihnen nicht täglich das Gefühl vermittelte, da ist einer, einer wenigstens, der sie ernst nimmt, glaubst Du, auch nur einer würde wiederkommen, wenn ich den Kunden stumm einen Zettel mit Preis in die Hand drückte, Zeitungen können die doch überall kaufen, da brauchen die nicht zu mir kommen, ich sag' Dir was, wenn ich das machen würde, wenn ich meine Kunden nicht mehr persönlich anspräche und nur die

Hand zum Abkassieren aufhielte, ich wär' genauso schnell pleite wie dieser Organisationsheini, im Ernst, der hat doch seinen Laden zu Tode organisiert, natürlich, Lüder erzählte mir, er habe gar nicht mehr bis zum Chef durchkommen können, er habe immer erst seinen Vorgesetzten einschalten müssen, streng nach Dienstweg, und der sei auch oft nicht ansprechbar gewesen, alle Vorgänge hätten plötzlich ungeheuer lange gedauert, was früher innerhalb von Stunden erledigt worden sei, habe bei dem neuen Chef mindestens drei Tage gedauert, wenn nicht noch länger, tja, so steif ging das zu, mit der Kleidung genau dasselbe, normalerweise laufen diese EDV-Typen ja nicht so schnieke rum, nicht, die haben eigentlich immer mehr oder weniger abgerissene Klamotten an, und Lüder war das von seinen Redaktionen her auch so gewohnt, aber der Chef von dieser Klitsche, der zwängte seine Mitarbeiter nun in dunkle Anzüge und Kostüme, ja ehrlich, so war der das von diesem Konzern her gewohnt, da liefen die alle mit Krawatten rum, mag ja da auch richtig gewesen sein, aber in so einem kleinen Laden mit wenig Publikumsverkehr muß das ja nicht unbedingt richtig sein, ich trag' ja auch keine Krawatte in meinem Kiosk, da würde ja erst recht keiner mehr kaufen, er wisse gar nicht, wozu er eine Krawatte trage, sagte Lüder, für seine Kollegen bestimmt nicht, die wünschten sich nichts sehnlicher als keine Krawatte anzusehen, aber tragen müßten sie sie, ja Du, ich weiß' auch nicht, was den Lüder in diesen Laden getrieben hat, ich meine, er hätte das doch nicht nötig gehabt, in jungen Jahren hätte er sich darauf nie eingelassen, garantiert nicht, ich hab' mich schon manchmal gefragt, ob das nicht auch mit seiner Krankheit zusammenhing, ja, er hatte irgendsoeine Herzgeschichte, doch, tatsächlich, weiß nicht, ob es ein Infarkt war, war erst knapp vierzig, und kriegt 'nen Herzanfall, aber heutzutage werden die Leute mit Herzproblemen ja immer jünger, ja, unglaublich, Du sagst es, tja, wie passiert sowas, was fragst Du mich, so etwas tritt in Dein Leben wie aus heiterem Himmel, jahrelang verschwendest Du keinen Gedanken an sowas, ich meine, daß Dir sowas mal passieren könnte, und plötzlich bist Du damit konfrontiert, das schleicht sich in Dein Leben, und Du merkst es nicht, nein, das heißt, wenn Du es merkst, dann ist es meist zu spät, Lüder selbst hat es auch gar nicht so direkt gemerkt, er fühlte sich immer nur so schlapp, und er kam immer so schnell außer Atem, beim Treppensteigen und beim längeren Gehen, und da ist er dann zum Arzt, na, und der kriegte natürlich schnell raus, woran es lag, das kann ich Dir sagen, das geht an die Nieren, hat ihn auch ganz schön mitgenommen, den Lüder, möglicherweise hat ihn das auch aus der Bahn geworfen, obwohl, eigentlich kann ich mir das auch nicht so recht vorstellen, sicher, den Journalismus hat er an den Nagel gehängt, bald nach dieser Herzgeschichte, aber hätte er deswegen nun in diese EDV-Klitsche gehen müssen, hätte er das, ich mein', er kam doch vom Regen in die Traufe, wenn Du verstehst, was ich meine, ich meine, wenn er sich schon aus dem Journalismus zurückzieht, weg von der Hetze und der Hektik und dem ganzen aufreibenden Drum und Dran, da hätt' er sich doch was Besseres suchen können als diesen Laden mit den merkwürdigen Umgangsformen, sicher, er hat sich das anfangs bestimmt nicht so vorgestellt, das glaub' ich auch, aber deswegen hätt' er doch all' diese entwürdigenden Dinge nicht mitmachen müssen, er hätt' doch seinen Job quittieren können, ja, hat er, sicher, aber erst als ihm dieser Pfeifenkopp auf den Wecker ging, nicht, weil es ihm grundsätzlich mißfiel, ich meine, das war doch ein dämlicher Anlaß, um es auf eine Kündigung ankommen zu lassen, da hätte er doch viel triftigere Anlässe finden können, um zu kündigen, oder, früher hätte er sich sowas nicht bieten lassen, das hätt' er nicht lange mitgemacht, wenn er sich überhaupt auf sowas eingelassen hätte, ja, Lüder war schon eine sonderbare Marke, nein, zunächst nicht, der Arzt hatte ihn zwar nach Hause geschickt, strengste Bettruhe verordnet, aber eine Woche später bekam er einen weiteren Anfall, und er ging freiwillig ins

Krankenhaus, dort legten sie ihn gleich auf die Intensivstation, weil sie glaubten, er habe einen Infarkt gekriegt, und da ist dann ja Eile geboten, denn bis drei oder vier Stunden nach dem Infarkt kann man wohl das Herz retten, ja, mit Nitropräparaten oder so, aber wenn diese Zeit um ist, dann hilft alles nichts mehr, dann stirbt das Gewebe ab, aber Lüder hatte wohl keinen Infarkt, aber sie haben ihn trotzdem so behandelt, als habe er einen gehabt, das dauert so drei Wochen, oder vier, nein, im Gegenteil, völlige Bettruhe ist ganz falsch, das Herz muß trainiert werden, langsam, aber stetig, und der Lüder mußte täglich sein Bewegungspensum absolvieren, naja, ich hab' ihn doch besucht die ganze Zeit, zuerst täglich, später dann alle zwei Tage, och, der Lüder hat sich ganz wohl gefühlt, der war quietschvergnügt, er hatte ja keine Schmerzen, er fühlte sich gar nicht richtig krank, nur, daß er sich mit allem zurückhalten mußte, keine Anstrengung, nichts heben, nicht rennen, aber ihm machte das nichts aus, weißt Du, Lüder hatte ja einen anstrengenden und aufreibenden Job bei der Zeitung, viel Hektik, viel Streß, und da genoß er nun die Ruhe im Krankenhaus, weißt Du, er konnte sich ausspannen, erholen, und vor allem, er konnte lesen, jedenfalls das, was er lesen wollte, als Journalist mußte er ja sowieso viel lesen, den ganzen lieben langen Tag lesen, das ist ja der Beruf, nicht, und da war er nun ganz froh, daß er im Krankenhaus die Ruhe fand, das zu lesen, was er gern lesen wollte, Bücher, Literatur, keine Zeitungen, keine Nachrichten, sondern Bücher, jaja, er las alles, alles, was er in die Hände kriegen konnte, ich mußte ihm ständig Bücher ins Krankenhaus schleppen, ganze Listen hat er mir mitgegeben, für Bücher, die ich ihm besorgen sollte, ach, frag' mich nicht, ich bin ja kein großer Literaturkenner, das meiste sagte mir ja auch nichts, was er als erstes haben wollte, das war dieser Wälzer von diesem Iren, dem berühmten, den hatte er schon mal gelesen, als er noch zur Schule ging, freiwillig, ja wirklich, freiwillig hatte er sich der Tortur unterzogen, diesen Schinken zu lesen, so etwas werde ja im Unterricht nicht durchgenommen, sagte Lüder, da müsse man jeden Quatsch lesen, all dieses Bildungszeugs, wie Lüder es nannte, und da hat er dann privat daheim diesen Wälzer gelesen, diesen *Ulysses,* so hieß der, glaub' ich, wir alle wußten das, keiner tat so etwas, nur Lüder, und einmal, als unser Klassenlehrer uns wieder der Reihe nach abfragte, was wir privat lesen würden, das machte der regelmäßig, so alle halbe Jahre, da gab jeder von uns irgendetwas Gescheites an, nur Lüder, der tatsächlich etwas Gescheites las, sagte, er lese derzeit *Asterix,* diesen kleinen Gallier, nicht, Du weißt schon, das fing damals ja an mit *Asterix,* wahrscheinlich las er das auch tatsächlich noch nebenher, wie wir alle, aber diesen Wälzer von dem Iren verschwieg er, das wirke zu affektiert, meinte er, wenn er das sagen würde, und außerdem glaube es ihm sowieso keiner, na, die ganze Klasse brach in schallendes Gelächter aus, als Lüder sagte, er lese *Asterix,* und unser Klassenlehrer glaubte, wir lachten, weil Lüder einen Witz gemacht habe, aber in Wahrheit lachten wir, weil das wieder typisch Lüder war, weil wir uns bestätigt fühlten, weil wir wußten, daß Lüder niemals sagen würde, was er wirklich lese und weil wir insgeheim alle gespannt waren, was Lüder wohl diesmal sagen würde, ja, der Lüder war schon eine sonderbare Marke, weiß der Teufel, warum der sein Licht immer unter den Scheffel stellen mußte, er machte viel, er hatte ja auch Fähigkeiten, aber er machte nichts aus sich her, er gab auch wenig von sich, er war der große Schweiger, wozu solle er etwas sagen, sagte Lüder, wenn wir ihn ansprachen, entweder wisse er etwas, dann sehe er nicht ein, wozu er mit seinem Wissen prahlen solle, oder er wisse nichts, dann gebe es erst recht nichts zu sagen, unsere Lehrer legten Lüders Schweigsamkeit immer als Desinteresse aus, aber Lüder war nicht desinteressiert, der war an allem interessiert, nur ließ er es nicht erkennen, das gehe niemanden etwas an, sagte Lüder, ja, so war er eben, der Lüder, und er las ja nicht nur diesen verrückten Iren, er las auch anderes verrücktes Zeugs, diesen Schmidt zum

Beispiel, hast Du schon einmal von Arno Schmidt gehört, na bitte, wir alle kannten den auch nicht damals, aber Lüder brachte uns bei, wer Arno Schmidt war, der wohnte ja gleich um die Ecke, in Bargfeld, so einem kleinen Heidedorf, jaja, bei uns da oben, bei Celle genauer gesagt, in einem Backsteinhaus mit meterhoher Hecke drumrum, er schrieb ja auch immer über diese Gegend, in der er lebte, seitenweise Heidelandschaften beschrieb er, und die Eigenheit der Gegend, nicht, über den Fernsehturm bei Bokel, auch so ein Kaff da bei uns, oder die Gaststätte *Großer Kain* an der B4, ja, das ist alles bei mir da oben, oder aber er ließ sich ausgiebig darüber aus, wie einer, pffft, auf einen Bovist tritt und eine große braune Staubwolke freisetzt, ein Bovist, kennst Du nicht, das ist ein Pilz, ja, aber einer ohne Stiel, das ist einfach so eine Beule, innen hohl, na, und wenn Du drauftrittst, macht's plopp und so 'n braunes Zeugs schießt raus, und in einer irrsinnigen Sprache hat dieser Schmidt geschrieben, nein, er ist gestorben, vor längerer Zeit, na, das war so Mitte oder Ende der Siebziger, glaub' ich, ja, so ungefähr, also ein normaler Mensch schnallt das nicht, was der da schreibt, das ist so eine halbe Zeichen- und Geheimsprache, und der Lüder las das, *Brand's Haide* las Lüder damals, *Kaff* und *Kühe in Halbtrauer,* ein Erzählungsband, und im Krankenhaus, da las er nun den Iren noch mal, naja, er wollte ihn auch in der neuen Übersetzung gelesen haben, von diesem Wollschlegel, so ähnlich heißt der wohl, ja, der Lüder war begeistert, er habe sich köstlich amüsiert in den zehn Tagen, hat er gesagt, pro Tag las er nämlich hundert Seiten, mehr könne man nicht verkraften, sagte Lüder, aber es sei ein wunderbares Buch, da stehe das wahre Leben drin, ich kann da nicht viel zu sagen, ich hab' es nicht gelesen, aber von dem, was mir Lüder so erzählte, weiß ich immerhin, daß das gesamte Buch, der gesamte Wälzer, von einem einzigen Tag in Dublin handelt, den 16. Juni 1904, naja, Lüder hat mir das Datum ja oft genug eingetrichtert, ich solle mir das Datum merken, hat er gesagt, der 16. Juni 1904 sei einer der wich-

tigsten Tage der Menschheit, ja wirklich, die ganzen tausend
Seiten nur ein Tag, und an diesem Tag, da geht eine Person in
Dublin rum, mit einer Niere in der Tasche, ja, der hatte sich
beim Schlachter halt 'ne Niere gekauft, die Iren sind doch
ganz wild auf Nieren, wollte er in die Bratpfanne hauen, wenn
er wieder daheim ist, aber so schnell kommt er nun doch nicht
heim, denn er trifft andere Personen und redet mit ihnen, und
denkt und trinkt und beobachtet, und das alles hat dieser Ire
aufgeschrieben, aber eben nicht einfach so, hat der Lüder gesagt, sondern alles ist irgendwie der *Odyssee* nachempfunden,
ja, Homer, der Grieche, aus dem Buch ist alles übertragen auf
Dublin, ja Lüder hat noch vieles andere gelesen, einen Wolfgang Koeppen zum Beispiel, sagt Dir das was, nein, mir auch
nicht, jedenfalls nicht, bevor ich Lüder Bücher ins Krankenhaus schleppte, dieser Koeppen ist offenbar zu Beginn der
Fünfziger berühmt geworden, mit drei Büchern, das heißt, Lüder meinte, richtig berühmt sei er erst in den Sechzigern und
Siebzigern geworden, weil er da nämlich nichts mehr geschrieben habe, keine Romane jedenfalls, verrückt nicht, da
wird einer berühmt, weil er nichts mehr schreibt, und er hat
das auch bis heute kaum mehr getan, ich weiß nicht, vermutlich lebt der noch, irgendwo in München, hat Lüder damals
gesagt, egal, ob er nun noch lebt oder nicht, vor diesem Koeppen zog Lüder seinen Hut, das Beste, was in der deutschen
Nachkriegsliteratur zu finden sei, sagte Lüder, nein, sein Lieb-
lingsschriftsteller war der wohl nicht, das war, so viel ich
weiß, ein Franzose, oder ein Algerier, genauer gesagt, jaja,
Lüder war Literaturfreund, und er kannte sich mit der Zeit
auch gut aus, ich meine, er war richtig belesen zum Schluß,
aber er prahlte nicht damit, er holte sein Wissen nur hervor,
wenn er auf Gleichgesinnte traf, mit denen er fachsimpeln
konnte, und er war sich auch nicht zu schade für niedere
Gefilde, er las auch gern Krimis, jede Menge, zur Zerstreu-
ung, sagte er, um sich zu erholen, schiebe er gern zwischen-
durch einen Krimi ein, ja, wirklich, was habe ich dem Lüder

Krimis ins Krankenhaus geschafft, das glaubst Du nicht, stapelweise, Krimis hat er regelrecht verschlungen, wenn er auf Reisen war, früher, in seinen journalistischen Zeiten ist er ja viel rumgekurvt, hatte er immer einen Krimi dabei, oder zwei, die könne er immer lesen, sagte Lüder, zu jeder Zeit, an jedem Ort, er könne auch jederzeit drin aufhören und jederzeit irgendwo wieder anfangen, ohne daß er das Gefühl habe, etwas versäumt zu haben, das sei das Vorteilhafte an Krimis, und auf diese Weise ließe sich sehr kurzweilig irgenwo die Wartezeit verbringen, auf dem Flughafen, auf dem Bahnhof, wo auch immer, also, ich könnte das auch nicht, ich muß bei Krimis immer am Ball bleiben, ich kann da schwer aufhören, wenn' s mich gepackt hat, ach Gott selten, ich lese überhaupt nur sehr selten einen Krimi, wenn, dann *Jerry Cotton,* der ist mir am liebsten, ja, da haben sie auch mal ein paar von verfilmt, woher weißt Du denn das, ist doch gar nicht Deine Zeit gewesen, war doch in den Sechzigern, da haben sie mal ein paar *Jerry-Cotton*-Filme gedreht, mit George Nader, einem Amerikaner, als *Jerry Cotton* und Heinz Weiß, dem Star von *So weit die Füße tragen,* als *Phil Decker,* naja, das war diese Zeit, da rollte diese Edgar-Wallace-Welle in den Kinos, Anfang der Sechziger, da wurden Krimis von Edgar Wallace reihenweise verfilmt, bestimmt so zwanzig oder dreißig Filme, und in deren Gefolge haben sie auch ein paar *Jerry Cottons* verfilmt, war aber nicht sehr erfolgreich, auch *Dr. Mabuse* erlebte damals ein Comeback, von Victor Gunn haben sie Krimis verfilmt, und selbst von Bryan Edgar Wallace, dem Sohn von Edgar Wallace, also, in diese Edgar-Wallace-Filme sind Lüder und ich damals auch gerannt, hatten immer dieselbe Besetzung, mehr oder weniger, Fuchsberger oder Drache als Inspektoren, Siegfried Schürenberg als dämlicher Vorgesetzter, Siegfried Schürenberg kennst Du nicht, wirklich nicht, aber *Rhett Butler* kennst Du doch, oder besser Clark Gable, siehst Du, und Siegfried Schürenberg war Clark Gables deutsche Stimme, ja war, ist gestorben vor einiger Zeit, hat viel synchronisiert, nicht nur Clark Gable, na, und in diesen Wallace-Krimis, da spielte er immer diesen Vorgesetzten, diesen Dämlack, der die Arbeit seiner Inspektoren immer behindert, *Sir John* hieß er wohl, ja, Frauen haben auch mitgespielt, Karin Dor, Brigitte Grothum oder Karin Baal, junge hübsche Frauen, verstehst Du, die von den Gangstern entführt wurden, richtig, und vom Inspektor dann befreit, damit sie am Schluß heiraten konnten, und Eddi Arent als Tollpatsch und Klaus Kinski als Schurke, oder Friedrich Joloff, Pinkas Braun, Werner Peters und wie sie alle hießen, Fritz Rasp, Dieter Eppler, je nach dem, war immer dasselbe Strickmuster, hatte mit der Buchvorlage meist nur wenig zu tun, ja, und der Lüder mußte immer rein in diese Filme, vor allem wegen dem Kinski, der hatte es ihm angetan, der Kinski war für ihn der Größte, kaum jemand von uns konnte sich für den Kinski begeistern, der war uns allen zu dämonisch, aber Lüder war vernarrt, wir sähen immer nur den Bösewicht in ihm, sagte Lüder, nicht aber den Schauspieler, der Kinski sei ein Genie, sagte Lüder, und später, in späteren Kinski-Filmen, die von diesem Herzog, *Fitzcarraldo, Aguirre,* oder *Nosferatu,* da erinnerte mich Lüder, ob er nicht Recht gehabt habe, damals, ob ich nicht auch zugeben müsse, daß der Kinski ein Genie sei, naja, Genie, hab' ich gesagt, das wisse ich nicht so recht, da wäre ich vorsichtig, mit dem Begriff, aber so ganz Unrecht hatte der Lüder auch wieder nicht, wer sonst als Kinski hätte diese Rollen spielen können, was, ja, Lüder war Filmfan, jedenfalls früher, in jungen Jahren, zwei- bis dreimal die Woche rannte der ins Kino, ehrlich, auch bei schönem Wetter, da konnte draußen die Sonne knallen, wie sie wollte, konnte es dreißig Grad im Schatten sein, oder noch mehr, da gab's ja noch richtige Sommer, früher, da konnte man sich ja noch verlassen drauf, nicht so wie heut', da konnten wir alle im Schwimmbad liegen, Lüder rannte ins Kino, vorausgesetzt, es gab einen Film nach seinem Geschmack, er orientierte sich da an den Schauspielern, die mitwirkten, er hatte da so seine Lieblinge, seine Favoriten, wenn Du verstehst, was ich meine, wenn die Kinos bei uns, immerhin gab's drei Stück davon in unserem kleinen Städtchen, drei Stück, aber sicher, klar kann ich Dir noch alle aufzählen, aber gewiß, da war zunächst das *Park-Theater*, da liefen meist lustige Sachen, dann gab's noch die *Kammer-Lichtspiele*, da liefen mehr so Western und andere harte Sachen und schließlich das *Central-Theater,* da liefen gute und anspruchsvolle Filme, gelt, da staunst Du, was ich noch so alles weiß, was ich noch so alles aus meiner Erinnerung krame, nein, also Edgar-Wallace-Filme liefen meist im *Park-Theater* oder in den *Kammer-Lichtspielen*, nicht im *Central-Theater*, da konnte man so was wie *Ben Hur* sehen oder *Doktor Schiwago*, wenn Du verstehst, was ich meine, diese Filme hab' ich da gesehen, erinnere ich mich noch gut dran, auch die ersten *James-Bond*-Filme, wobei mein erster *Liebesgrüße aus Moskau* war, der zweite der Reihe, erst danach hab ich *Dr. No* gesehen, dann *Goldfinger* und *Thunderball,* und dann hatte ich genug von *James Bond*, aber wenn in unseren Kinos Filme mit Klaus Kinski liefen, dann ist Lüder sofort rein, aber sicher, auch im *Central-Theater* liefen Filme mit Klaus Kinski, meines Wissens hat der Kinski sogar in *Dr. Schiwago* mitgespielt, also wenn Kinski kam, ist der Lüder immer gleich rein, und bei dem anderen auch, Horst Frank hieß der, glaub' ich, spielte auch immer diese Bösewichte und Halunken, oder Günther Ungeheuer, oder andere Schauspieler, die er mochte, Uwe Friedrichsen, Friedrich Schütter, Paul Edwin Roth, Heinz Engelmann, Hanns Lothar und seine Brüder, richtig, die Neutze-Brüder, Donnerwetter, die sind Dir ein Begriff, Hut ab, oder Wolfgang Kieling, Jürgen Goslar, Günther Jerschke, Klaus Kindler, doch, kennst Du, aber gewiß kennst Du Klaus Kindler, vielleicht nicht als Schauspieler, aber als Stimme, als Stimme von Clint Eastwood, gelt, der sagt Dir was, jaja, viele von denen sind ja durch die Roland-Krimis berühmt geworden, Jürgen Roland kennst Du doch auch, nicht, also, der war Ende der Fünfziger bekannt geworden durch seine *Stahlnetz-*

Krimis, also durch die Verfilmung, die Bücher schrieb ein anderer, Wolfgang Menge, falls Dir das was sagt, genau, der aus der Talk-Show, dieser Glatzkopf, richtig, der hat eine ganze Menge geschrieben, der Menge, das *Ekel Alfred* zum Beispiel, *Smog*, und diesen *Motzki*, und seinerzeit eben diese *Stahlnetz*-Folgen, waren irgendwie wahren Fällen nachempfunden und zeigten vor allem die Polizeiarbeit, das war ja die Masche von Roland, so halb dokumentarisch, halb Fiktion, das war für die junge Republik, die eher noch Hans Albers gewohnt war, oder Heinz Rühmann, ja genau, der sah schon immer jünger aus als er war, der ewige Abiturient, was, der ewige Schwiegersohn, also, für die junge Republik war das etwas völlig Neues, was der Roland da machte, und die Reihe wurde der erste Straßenfeger in Deutschland, noch vor den Durbridge-Krimis, so hin und wieder haben Lüder und ich auch mal eine *Stahlnetz*-Folge sehen dürfen, haben unsere Eltern uns erlaubt, eigentlich durften wir ja nicht, für Jugendliche ungeeignet, lach' nicht, damals machten sie noch sowas im Fernsehen, vor der Sendung wies die Ansagerin, An-sa-ge-rin, so etwas gab's noch zu der Zeit, Ansagerinnen, die durch das Programm führten, da wies also die Ansagerin in gebotenem Ernst die Eltern darauf hin, daß die nachfolgende Sendung für Jungendliche nicht geeignet sei, ehrlich, kannste mir glauben, ach was, nicht mal ein blanker Busen ist drin vorgekommen, völlig harmlos, jedenfalls aus heutiger Sicht, da kannste mal sehen wie sich die Zeiten geändert haben, so 'n blanken Busen siehst Du doch heute in jedem *Tatort*, das langweilt doch schon, und kein Mensch regt sich mehr auf, und Tote siehst Du am laufenden Band, da wird geschossen, geschlagen, gewürgt, daß sich die Balken biegen, genau, da fliegen Autos in die Luft, Tankwagen explodieren, Action, Action, Action, aber ehrlich, das ist nicht mein Ding, gut, das ist sicher professionell gemacht, da magst Du Recht haben, aber ich mag das nicht, dieses ewige Rumgeballere, die schnellen Schnitte, das Tempo, aber die Sache ist, niemand macht sich Gedanken, wie das

wirkt, auf Kinder und Heranwachsende, im Gegenteil, ich sag'
Dir was, wenn die heute noch so'n Hinweis geben würden wie
in den Fünfzigern und Sechzigern, die würden gnadenlos ausgelacht, gnadenlos, sag' ich Dir, aber gleichzeitig wundern
sich alle über die zunehmende Gewaltbereitschaft von Jugendlichen, da jammern sie alle, weil die ohne Hemmungen kurz
mal so'n paar Ausländer klatschen gehen, aber woher die das
Verhaltensmuster haben, diese Frage stellt sich keiner, und
erst die Motive, diese Motive in den Serienkrimis, da kannst
Du nur noch weglaufen, da darfst Du nicht drüber nachden-
ken, vier Fünftel vom Film lang verhalten sich die Menschen
normal, zumindest halbwegs, wenn Du verstehst, was ich meine, aber dann plötzlich, wenn der Kommissar den Täter über-
führt, dann wird's wirklich kriminell, dann, wenn das Motiv
ins Spiel kommt, da sagt dann die Frau, die ihren Mann umgebracht hat, oder der Mann, der seine Frau umgebracht hat,
da sagen die nur lapidar *ich brauchte Geld,* oder irgend so 'n
Quatsch, zucken kurz mit der Achsel, starren irgendwie
stumpf in die Kamera, und fahren dann fort, *da hab' ich ihn
eben umgebracht,* als sei es die normalste Sache von der Welt,
einen umzubringen, weil man eben mal knapp bei Kasse ist,
wirklich, stereotyp wird da ein Mord heruntergespielt, eine
ganz einfache Mechanik, jemand braucht Geld, schwupps
wird einer umgebracht, der es hat, sauber, sauber, sag' ich
Dir, das sind exakt die Verhaltensmuster, die die Rechten für
ihre Sauereien zugrunde legen, jemand ist Ausländer, und
schwupps wird er angezündet, ist ja Ausländer, menschenverachtend sind diese Krimis, schlicht menschenverachtend, ach
was, ich will doch diese Hinweise von früher nicht rechtfertigen, auch nicht zurückholen, aber es ist doch so, oder, hab'
ich nicht Recht, ja, das ist die Frage, das sagen die, die sagen
immer, sie zeigten nur die Realität, die Realität sei halt so,
und die Realität könne doch gezeigt werden, aber das ist eben
die Frage, ob diese Filme die Realität abbilden oder nicht doch
prägen, oder vielleicht beides, das ist die Frage, jaja, jetzt sind

wir mitten in der Politik, und was hat sich geändert, in den Sechzigern war'n die Polizisten die Feindbilder, heute sind es die Ausländer, damals waren es die Linken, die krakeelten, heute sind es die Rechten, irgend so'n schlauer Mensch hat ja mal gesagt, jede Bewegung schaffe sich ihre Antibewegung, da ist was dran, ehrlich, da ist was dran, sag' ich Dir, früher waren die Haare lang und die Röcke kurz, heut sind die Röcke lang und die Haare kurz, auf Sonnenschein folgt Regen, sagt ja auch der Volksmund, und der hat ja bekanntlich nicht immer so Unrecht, oder wenn Du es philosophisch willst, das Leben trägt bereits den Tod in sich, also, man darf diese ganzen Zeiterscheinungen nicht allzu ernst nehmen, das kommt und geht, und gelebt hat es sich zu jeder Zeit, aber so ein Hinweis damals machte natürlich erst recht neugierig, und so durften wir manchmal zusehen, und daher kannte Lüder diese Schauspieler, na, und in den Sechzigern, da machte der Roland dann ja auch Kinofilme, *Polizeirevier Davidswache* ist wohl der bekannteste, oder *Vier Schlüssel*, und da ist Lüder auch sofort rein, weil da diese Schauspieler mitspielten, aber er schätzte auch andere, O.E. Hasse, Martin Held oder Peter van Eyck zum Beispiel, der spielte ja auch mal in den Edgar-Wallace-Filmen mit, ich bin ein paarmal mitgegangen, aber nicht mit dieser Besessenheit wie der Lüder, jaja, heute denk' ich auch anders, wenn ich heute diese Klamotten wiedersehe, bei den Privaten werden sie ja abgenudelt, immer und immer wieder, nicht, wenn ich die heute wiedersehe, nach dreißig Jahren oder vierzig, dann kann ich auch nur noch drüber lachen, zum Schießen, ehrlich, dümmlicher geht's kaum, daß ich das mal alles ernst genommen hab', das ist kaum zu glauben, saudämlich seien sie ja schon damals gewesen, sagte selbst Lüder, als wir, ich glaub' sogar im Sommer noch, gekuckt haben, ja, diese ollen Kamellen haben wir wieder gekuckt, bei *Sat1* oder *Kabel1*, *Die blaue Hand* oder so, *Der Zinker*, *Das Gasthaus an der Themse*, *Die toten Augen von London*, gut sei immer nur der Kinski gewesen, und der Kinski, der gefiel ihm immer noch, dieser Blick, diese Lippen, diese Stimme, diese katzenhaften Bewegungen, dieser geschmeidige Gang, da wurde er nur von Gary Cooper oder Henry Fonda übertroffen, der Kinski gefiel ihm immer noch, nein, für Hollywood-Filme mochte sich Lüder nicht begeistern, diese Monumental-Schinken, *Lawrence von Arabien* oder *Die letzten Tage von Pompeji*, das fand er alles gräßlich, totlangweilig, gefallen haben ihm dann wieder diese Italo-Western, die auch Anfang der Sechziger aufkamen, *Django* oder sowas, die Filme von Sergio Corbucci oder von Sergio Leone, genau, der hat *Spiel mir das Lied vom Tod* gedreht, aber davor, da hat er andere Filme gemacht, *Für eine Handvoll Dollar* und *Für ein paar Dollar mehr*, mit Lee van Cleef und Clint Eastwood, und der Kinski hat, glaub' ich, auch in einem mitgespielt, oder in beiden, aber den hat's ja inzwischen auch erwischt, gelt, ja, ist gestorben, vor einigen Jahren, in seinem Haus in Kalifornien, ja, so kann's gehen, da hat er nun ein so exzessives Leben geführt und einen ganz leisen Tod gefunden, das genaue Gegenteil von Lüder, der hat so leise und unscheinbar gelebt und einen ganz spektakulären Tod gesucht, naja, so eine unterschwellige Todessehnsucht hatte der Lüder ja, doch wirklich, früher wünschte er sich immer ein kurzes und intensives Leben, und dann hatte er sich ja vorgenommen, an seinem fünfundzwanzigsten Geburtstag mit dem Auto gegen einen Baum zu fahren, doch, hatte er sich in den Kopp gesetzt, er meinte, fünfundzwanzig Jahre seien genug, alles, was danach komme, könne allenfalls dazu taugen, die schönen Erfahrungen der ersten fünfundzwanzig Jahre zunichte zu machen, nein, hat er nicht, ich glaub', er war verliebt damals, das Leben erschien ihm wunderschön, viel zu schön, um zu sterben, jaja, immer die Frauen, gelt, naja so konsequent, wie er immer sein wollte, war er nun auch wieder nicht, aber er hat sein Vorhaben doch noch wahrgemacht, er hat seinem Leben ein Ende gesetzt, das muß man ihm lassen, zwar nicht zu seinem fünfundzwanzigsten Geburtstag, aber immerhin, er hat es gemacht, wie gesagt, die Neigung zur

Selbstzerstörung, die war in ihm, die lag in seinem Wesen, manchmal kannte er keine Rücksicht mehr, auch nicht gegen sich selbst, zweimal wäre er fast von der Schule geflogen, weil er den Lehrern, wie soll ich sagen, Paroli geboten hatte, einmal hatte ihn unser Englischlehrer als Trottel beschimpft, weil er ein Wort falsch geschrieben hatte, das allein war's eigentlich nicht, es war so, daß der Lüder die richtige Schreibweise nicht so genau wußte, schreibt man das nun so oder schreibt man das so, verstehst Du, und nun kam das Wort aber zufällig zweimal kurz nacheinander vor, verstehst Du, und da hat Lüder eine ganz einfache Rechnung aufgemacht, er sagte sich, wenn ich mich für eine Schreibweise entscheide, laufe ich Gefahr, daß ich unter Umständen zwei Fehler mache, dann nämlich, wenn er sich für die falsche Schreibweise entschieden hätte, was machte er, er schrieb es unterschiedlich, einmal so, einmal so, dann müsse eine Schreibweise in jedem Fall richtig sein, und so hätte er eben nur einen Fehler, ja, bißchen kompliziert, was, aber so war der Lüder halt, er war schon eine sonderbare Marke, also ich hätte mich für eins entschieden, basta, und wäre volles Risiko gelaufen, aber zu Lüders Unglück wollte es der Zufall, daß das Wort, das er unterschiedlich geschrieben hatte, untereinander am Anfang der Zeile stand, und da hatte der Lehrer Lüders Absicht völlig mißverstanden, hatte ihn dann als Trottel beschimpft, weil es ihm bei zwei Worten, die untereinander standen, nicht aufgefallen sei, daß sie unterschiedlich geschrieben seien, na, Lüder hat sich das nicht bieten lassen, ist ganz ruhig aufgestanden, hat seine Sachen gepackt und das Klassenzimmer verlassen, als Trottel brauche er ja wohl nicht länger am Unterricht teilzunehmen, sagte er und ging, Lüder hatte Glück, der Lehrer unternahm nichts gegen ihn, im Gegenteil, er entschuldigte sich, nicht direkt, aber im Prinzip kam es einer Entschuldigung gleich, denn zu Beginn der nächsten Englischstunde stand Lüder auf und fragte, ob er dableiben könne oder ob er weiterhin als Trottel betrachtet werde, und der Lehrer kapierte, er verstand,

daß das ein Friedensangebot von Lüder war, naja, und irgendwie hatte er wohl auch nicht vor, den Konflikt eskalieren zu
lassen, da antwortete er kurz, Lüder könne selbstverständlich
dableiben, was Lüder auch tat, das andere Mal hatte Lüder ein
Gedicht nicht gelernt und kam prompt dran, da versuchte er
erst gar nicht, das zu beschönigen, versuchte gar nicht erst,
seinen Kopf aus der Schlinge zu ziehen, wie viele andere es
taten, bei vielen Lehrern zog das ja, wenn man versuchte, aus
der hoffnungslosen Situation was zu machen, bei unserem
Biologielehrer etwa, wenn der Dich drannahm und Dich zum
Beispiel was über Ameisen fragte, Du keinen blassen Schim-
mer von Ameisen hattest, ihm aber stattdessen einen Vortrag
über, sagen wir mal, Grünkohl hieltest, dann ließ der das
durchgehen, weil er so ein Verhalten irgendwie clever fand,
daß man aus der Situation versuchte, irgendetwas zu machen,
und wenn das auch noch alles richtig war, was Du ihm über
Grünkohl erzähltest, dann gab der Dir glatt 'ne Eins, nur durfte man ihm nicht von vornherein sagen, man wisse nichts,
dann tobte er und verteilte großzügig Sechsen, aber Lüder
lehnte so ein Verhalten völlig ab, er stand zu dem, was er
nicht wußte, und auch zu dem, was er nicht wissen wollte, und
so sagte er ohne Umschweife, geradeheraus, klipp und klar, er
habe das Gedicht nicht gelernt, er halte es für töricht, Gedichte auswendig zu lernen, da kriegte unser Lehrer einen knall-
roten Kopf, stürzte auf Lüder zu, baute sich vor ihm auf und
wollte ihm allen Anschein nach eine runterhauen, offenbar
empfand er Lüders Verhalten als Provokation, aber der Lüder
hatte gar nicht provozieren wollen, er wollte nur ehrlich sein,
naja, und als der Lehrer gerade ausholen wollte, um ihm eine
runterzuhauen, da sagte Lüder, er mache darauf aufmerksam,
wenn er geschlagen werde, schlage er zurück, ja, Lüder hatte
wieder Glück, der Lehrer schlug nicht, er wußte genau wie
wir, daß Lüder seine Worte wahr gemacht hätte, geschlagen
hätte, im vollen Bewußtsein, daß er dadurch von der Schule
würde fliegen können, so war der Lüder damals, mutig und

standfest, und was ist aus ihm geworden, vielleicht war es wirklich seine Herzgeschichte, die ihn durcheinandergebracht hat, oder er hat ganz einfach gespürt, daß seine unnachgiebige Art ihm selbst am meisten zusetzte, Kraft kostete, über die er letzten Endes gar nicht verfügte, wer will das schon wissen, jedenfalls, er war noch mal davongekommen, aber der Alte war er nicht mehr, irgendwie hatte ihn die ganze Geschichte schon verändert, naja, ihn interessierte gar nicht mehr, was um ihn herum vorging, nein, er interessierte sich nur noch für Bücher, hat natürlich so auch nicht mitgekriegt, was draußen vor sich ging, da passierte doch, während der Lüder im Krankenhaus lag, da passierte doch dieser Reaktorunfall in Tschernobyl, nicht, Du erinnerst Dich, vage, naja, das war ein dramatisches Geschehen damals, ich erinnere mich gut, denn eine solche Katastrophe war bisher ohne Beispiel, das war ja noch nicht geschehen, daß ein Reaktor platzte, das hätte auch gar nicht geschehen dürfen, nein, alle Wissenschaftler hatten bis dato einhellig beteuert, so etwas könne gar nicht geschehen, könne nicht, kann aber doch, wie Du siehst, irgendwann Ende April sechsundachtzig war's, erinnere ich mich gut dran, zuerst hatten sie ja alle gesagt, ist halb so schlimm, das ist da irgendwo in Rußland, weit weg, ohne Gefahr für uns, na, und dann so nach vier, fünf Tagen war die radioaktive Wolke über Deutschland, dann haben sie angefangen und gewarnt, man solle besser keine Frischmilch trinken, kein Freilandgemüse verzehren, und und und, hat der Lüder gar nicht mitgekriegt, nein, hat ihn auch gar nicht interessiert, mehrmals habe ich versucht, ihm davon zu erzählen, denn das war ja eine atemberaubende Angelegenheit damals, mit diesen radioaktiven Wolken, und ich sah ja jeden Tag, ob ich wollte oder nicht, die Schlagzeilen in den Zeitungen, aber Lüder sagte nur, Manfred, halte mir die Nachrichten vom Leib, bring' mir Bücher, keine Nachrichten bitte, also holte ich ihm neue Bücher, frag' mich nicht, ich konnte das nicht alles behalten, alles mögliche hat er gelesen, unbedingt wiederlesen wollte er ein Buch mit dem seltsamen Titel *Die Stadt hinter dem Strom,* und jede Menge von diesem österreichischen Querkopp, ja richtig, der mit dem Vornamen als Namen, der ist Dir bekannt, alle Achtung, und diesen Mecklenburger, der nach England gegangen und dort auch aus dem Leben geschieden ist, den las er auch, ach was, das meiste kenne ich auch nicht, es gab für ihn nur noch Bücher, alles andere interessierte ihn nicht, nicht einmal seine gesundheitlichen Fortschritte, alles wies er von sich, nur die Bücher nicht, die sog er förmlich in sich hinein, er existierte nur noch durch Bücher, und Du konntest mit ihm nur noch über Bücher reden, ja sicher, früher hat er auch gelesen, aber nicht mit dieser Ausschließlichkeit, mit dieser Hingabe, er hat erst sehr spät angefangen, sich für Literatur zu interessieren, in den letzten Schuljahren eigentlich erst, vorher hat er nur Krimis verschlungen, aber später hat er sich dann auch an Romane gewagt, vermutlich aus Trotz gegenüber der verordneten Schullektüre, da hat er sich umgesehen, was es an zeitgenössischer Literatur so gibt, ja, in der Stadtbücherei, er ist täglich in die Stadtbücherei gegangen, da konntest Du ihn immer treffen, zu jener Zeit, einmal hat er in der Schule auch heftig protestiert, als unser Klassenlehrer mit uns wieder so ein Brecht-Stück durchkauen wollte, da jammerte Lüder einmal laut auf, um Himmels willen doch nicht schon wieder Brecht, rief er, na, unser Klassenleher holte einmal tief Luft, aber reagierte prompt, ob er denn etwas Besseres wisse, und Lüder überlegte kurz und sagte dann, ja, er wisse etwas Besseres, *Publikumsbeschimpfung*, von einem jungen Österreicher, mit langen Haaren, und die ganze Klasse rieb sich verwundert die Augen, denn von diesem Österreicher hatte damals noch niemand von uns gehört, wahrscheinlich auch unser Klassenlehrer nicht, wahrscheinlich hatte auch der noch nie von diesem Österreicher gehört, doch anmerken, wenn es so war, ließ er sich nichts, sondern er fragte uns, ob wir einverstanden seien oder ob jemand einen anderen Vorschlag machen wolle, eine ganze

Weile war es still in der Klasse, denn Lüder genoß ja Respekt, und gegen ihn mochte niemand so richtig auftreten und vor allem wollten wir wissen, was der Lüder da ausgegraben hatte, aber dann meldete sich doch noch jemand und sagte, er empfehle den *Stellvertreter*, von Hochhuth, das wurde ja damals mächtig diskutiert, dieses Stück mit dem Papst, *Publikumsbeschimpfung* wurde offenbar auch diskutiert, nur wußten wir das nicht, bis auf Lüder natürlich, und der Lehrer meinte dann, es müsse jetzt wohl abgestimmt werden, wenn keiner einen weiteren Vorschlag habe, na, und dann fiel es sechs zu fünf für den *Stellvertreter* aus, der Rest der Klasse enthielt sich, naja, das war eine kleine Sensation, denn das war damals das erste Mal gewesen, daß sich Lüders Haltung nicht durchsetzen konnte, Lüder selbst war nur verwundert, daß fünf für ihn stimmten, ob sie das Stück denn kennten, fragte er uns, und wir sagten, natürlich nicht, wir hätten nicht für das Buch gestimmt, sondern für ihn, Lüder, was Lüder aber gar nicht verstand, wenn wir es nicht kennten, hätten wir uns enthalten müssen, sagte er, so war der Lüder, Hilfe, die er nicht als solche empfand, nahm er auch nicht an, Anbiederei war ihm zutiefst zuwider, er stand zu dem, was er machte, es war ihm auch völlig egal, ob er sich nun durchsetzte oder nicht, er hatte sich ja gar nicht durchsetzen wollen, verstehst Du, er hatte nur ein Buch nennen sollen, und das hatte er getan, ob das nun in der Klasse behandelt wurde, war dem Lüder ganz egal, er würde es ohnehin lesen, oder hatte es sogar schon gelesen, also wozu sollte er sich dafür stark machen, daß es die anderen auch lasen, ja sicher, ich verstehe diese Haltung auch nicht, aber so war er, der Lüder, ich meine, ich würde mich einsetzen für das, was ich für richtig halte, ich würde wollen, daß andere mich bestätigen, in meiner Einstellung, Lüder nicht, der war anders, jeder habe ein Recht auf seine Meinung, sagte er, daß einer eine andere Meinung habe, mache ihn ja deswegen nicht schlechter, schließlich habe er ja eine Meinung, eine andere zwar, aber er habe eine, genau wie er, Lü-

71

der, und so kümmerte es ihn überhaupt nicht, ob die Klasse *Publikumsbeschimpfung* lesen wollte oder nicht, ja, Lüder ging immer seine eigenen Wege, was manchmal auf seine Mitmenschen verletzend wirken konnte, obwohl Lüder nie die Absicht hatte zu verletzen, das nicht, aber er wirkte manchmal so, so wie er sich gab, wirkte er manchmal verletzend, auch im Krankenhaus, während die anderen Patienten sich riesig freuten, wenn die Schwestern ihnen morgens die Zeitungen brachten, wies Lüder Zeitungen weit von sich, Zeitungen wolle er nicht, nichts Aktuelles, sagte er, alles, was ihn irgendwie an seinen Beruf erinnerte, schob er weit von sich, na, er hat dann ja auch bald den Journalismus an den Nagel gehängt, er hatte Streit mit seinem Chefredakteur, aber Lüder behauptete damals, er könne nicht mehr da arbeiten, wo es ihn erwischt habe, er hat auch seine Wohnung gekündigt und ist in einen anderen Ort gezogen, er könne nicht mehr dort leben, wo es ihn erwischt haben könnte, sagte er, und so ist er dann zu dieser Softwarefirma gegangen, ja, so war das, das ging ja auch ganz gut, bis er die Rechtsabteilung übernehmen sollte, ja, Du hast ganz richtig verstanden, die Rechtsabteilung, ja, dieser Chef da, von diesem Großunternehmen, der diese Klitsche da gegründet hat, Du erinnerst Dich, der hatte auch für alle Mitarbeiter ein jährliches Gespräch eingeführt, wie er es von dem Großunternehmen gewohnt war, Perspektivgespräch nannte er es, bißchen hochtrabend, find' ich auch, und im Rahmen eines solchen Gesprächs fragte er Lüder ganz unverblümt, ob er sich vorstellen könne, für ihn die Rechtsabteilung aufzubauen, für die Sicherung von Schutzrechten brauche er einen fähigen Juristen, und dabei habe er an Lüder gedacht, aber sicher, Lüder hat studiert, eben nicht, nicht Mathematik, ach was, Jura, Jura hat er studiert, typisch Lüder, das Naheliegende machte er eben nicht, natürlich, Du hast ganz Recht, eigentlich hätte man annehmen sollen, daß er Mathematik studieren werde, bei seinen Fähigkeiten, oder Informatik, aber der Lüder hatte keine Lust dazu, wie Du dir wohl denken kannst, sicher, er hat wohl im ersten Semester mal reingehört in ein paar Informatikvorlesungen, hat auch versucht, Programmiersprachen zu erlernen, *Cobol,* glaub' ich, oder *Fortran,* aber dieses Zeichnen von Flußdiagrammen, das haßte er, obwohl er gern zeichnete, aber Flußdiagramme zu malen, das war ihm zu öde, monoton, richtig, ich hab' da auch meine Zweifel, Jura stelle ich mir nicht weniger monoton vor, diese Paragraphenklopperei, nee, aber Lüder hat ja eigentlich Architektur studieren wollen, da sähe er, was er geschaffen habe, sagte er immer, wenn er eine Brücke gebaut habe, dann könne er immer sagen, das habe er geschaffen, selbst wenn er nach zehn Jahren wieder vorbeikomme, und er sähe diese Brücke, dann könne er sagen, die sei von ihm, das sei sein Werk, aber da hatten sie damals ja schon für Architektur den Numerus clausus eingeführt, und Lüder hatte ja nur ein mittelmäßiges Abiturzeugnis, um nicht zu sagen ein schlechtes, mit einer eins in Mathe zwar und einer weiteren eins in Kunst, aber sonst alles ausreichend und mangelhaft in Latein, und da hätte er auf die Zulassung zum Architekturstudium warten müssen, das wollte er unter keinen Umständen, denn er hatte ja schon zwei Jahre verloren, weil er zweimal hängengeblieben war, nein, zum Bund brauchte er nicht, sie hatten ihn für untauglich erklärt, ja wirklich, er hatte ein schwaches Herz und jede Menge Krampfadern in den Beinen, da haben sie ihn gar nicht erst genommen, Lüder hatte das auch erwartet, sonst hätte er wohl verweigert, aber er hatte von Anfang an fest damit gerechnet, daß er nicht eingezogen würde, und die Rechnung ging auf, so gesehen hatte er die zwei Jahre wieder eingeholt, richtig, und er kam dann irgendwie auf Jura, dafür gab es noch keinen Numerus clausus damals, Jura könne man immer gebrauchen, sagte Lüder, auch als Architekt, es sei immer gut, sich in den Rechten auszukennen, na, da ist er dann nach Kiel gegangen, auch wieder typisch für Lüder, die ganze Klasse, die ganze Schule fast ging nach Hamburg, weil's am nächsten war, manche blieben sogar bei ihren Eltern wohnen und fuhren jeden Tag mit der Bahn nach Hamburg, und Lüder, Lüder ging nach Kiel, er wolle nicht dorthin, wohin die halbe Schule ginge, er wolle nicht alle die vertrauten Gesichter wiedersehen, also ging er eben nach Kiel, wir anderen nach Hamburg, ja Du, ich hab' auch studiert, Volkswirtschaft, aber nur zwei Semester, das wurd' mir zu blöde, Grenznutzen und Grenzertrag, Pareto-Optimum, und all so'n Quatsch, machst Du Dir gar keine Vorstellungen von, und unglaublich viel Mathematik brauchst Du dazu, da hab' ich einfach abgeschnallt, und dann hab' ich mich voll auf den Fußball konzentriert, ja, ich hatte ja immer nebenbei so'n bißchen gekickt, zuerst im *Sportclub* und bei der *Teutonia* und später dann, in meiner Hamburger Zeit, beim *LSK* in Lüneburg, na, und dann bin ich zu *Hannover 96* gegangen, als Profi, das weißt Du ja, und Lüder und ich haben uns ein bißchen aus den Augen verloren, das heißt anfangs haben wir uns noch öfter besucht, von Hamburg nach Kiel ist es ja nicht weit, haben viel Tischtennis gespielt, beim Kieler *TTC,* ja, ich bin jeden Dienstag rüber, wenn ich kein Training in Lüneburg hatte, oder wir sind hin und wieder zum *THW* gegangen, nee Handball, der *THW* war ja damals schon eine Spitzenmannschaft, spielte damals schon in der Bundesliga, jetzt sind sie ja ein paar Mal Meister geworden, aber Handball ist ziemlich brutal, brutaler als Fußball, klar, Du, ich erinnere mich an eine Begegnung gegen den *VfL Gummersbach* in der Ostseehalle, das war aufregender als jedes Fußballspiel, das ich je zuvor gesehen hatte, ehrlich, und ich hab' ja etliche gesehen, etliche, mehr als zehntausend Zuschauer in der kleinen Ostseehalle, brechend voll, das kannst Du Dir nicht vorstellen, was sind schon zehntausend im Fußballstadion, obwohl, heute müssen die Vereine ja froh sein, wenn überhaupt noch so viele kommen, nicht, ausgenommen vielleicht *Bayern*, *Borussia Dortmund*, *Schalke*, oder *Hertha*, richtig, die *Hertha* hat sich ja ganz schön gemausert, was, aber in so einer kleinen Halle, die auch noch geschlossen ist, und dann diese aufgeheizte Atmosphäre, denn da unten auf dem Parkett, da ging es knüppelhart zu, der Hansi Schmidt, fast hätt' ich doch Hansi Müller gesagt, ja, der war ja Fußballer bei unserem *VfB*, nicht, ja, hab' ich auch gelesen, daß er seinen Job als Marketingdirektor geschmissen hat, und den Ragnick haben sie ja dann auch in die Wüste geschickt, ja, wirklich, muß man sich mal vorstellen, da haben sie den Löw gefeuert, obwohl der Erfolg hatte, aber sie haben ihn gefeuert, weil sie unbedingt den Rangnick haben wollten, unbedingt, das sei der Idealtrainer für den *VfB*, hieß es damals, und was passiert, der ist eine einzige Enttäuschung, kriegt kein Bein auf die Reihe beim *VfB*, und nun sind sie auf den Magath verfallen, aber der hat nun auch nur mit Ach und Krach den Klassenerhalt geschafft, gerade noch so, ich sag' Dir was, ich hätte mir gewünscht, der *VfB* wäre abgestiegen, doch ehrlich, hätt' ich mir gewünscht, es hätte dem Verein gutgetan, abzusteigen und sich in der zweiten Liga zu regenerieren, doch, mein' ich im Ernst, anders kommen die von ihrem hohen Roß nicht runter, ehrlich, ich hätte gewünscht, der *VfB* wäre abgestiegen, denk' doch nur dran, die haben dreißig Millionen Schulden, dreißig Millionen, wie sollen sie denn in der ersten Liga davon runterkommen, ein, zwei Jahre kleinere Brötchen backen müßten sie, *Borussia Mönchengladbach* hat's vorgemacht, die sind in der zweiten Liga finanziell auch wieder gesundet, na, warten wir's ab, bist Du am Samstag auch im Stadion, wirklich, na prima, dann sehen wir uns ja, also, dann zurück zu Hansi Schmidt, zu dem wollt' ich noch was sagen, der rannte damals in der Ostseehalle mit blutverschmiertem Hemd rum, das war ja der Spitzenspieler von Gummersbach, hatte einen Mordswurf, und der kriegte natürlich mit am meisten ab, ehrlich, das war eine explosive Atmosphäre, in der kleinen engen Ostseehalle, Lüder und mir ist regelrecht angst und bange geworden, uns lief es eiskalt über den Rücken, sowas hatten wir bisher nur ein einziges Mal erlebt, im *Neckarstadion* Anfang der Siebziger, es heißt mittlerweile *Gottlieb-Daimler-Stadion*, ich weiß, danke für den Hinweis, aber damals hieß es noch *Neckarstadion*, da hatten wir eine Klassenfahrt hierher gemacht, eine Woche lang, tolle Sache, und am Samstag, da sind wir ins Stadion, weil da der *VfB* gegen *Borussia Mönchengladbach* spielte, und damals war Mönchengladbach neben den *Bayern* ja die Spitzenmannschaft der Liga, nicht, also sind wir hin, der Lüder und ich, aber in unserer Unkenntnis sind wir in die Fans aus Mönchengladbach geraten, ja, lauter schwarz-grüne Fähnchen um uns rum, hat uns eigentlich nicht weiter gestört, was soll's, haben wir gedacht, aber das Spiel wurde ein Debakel für die Gladbacher, sechs zu eins verloren, der *VfB* war klar besser, und Lüder und ich, wir zeigten offenkundig Sympathie für den *VfB*, nicht weil wir *VfB*-Fans waren, der Lüder war so*gar Borussia*-Fan, ja, war seine Lieblingsmannschaft, aber an diesem Tag hielt er für Stuttgart, weil sie eben besser waren, ganz eindeutig, aber er bekam den gesamten Haß der Umstehenden zu spüren, naja, gewalttätig ist keiner geworden, aber uns war's doch ziemlich mulmig zumute, weil die Gladbacher Fans natürlich stinksauer waren und rumpöbelten, aber das Schärfste kommt ja noch, da gab es doch damals diesen Konkurrenzkampf der Torhüter, zwischen Sepp Maier von den *Bayern* und Kleff von der der *Borussia,* der Sepp Maier war noch unangefochten die Nummer eins, aber der Wolfgang Kleff war drauf und dran, den Sepp aus der Nationalmannschaft zu verdrängen, und nun hatte der Kleff doch glatt sechs Tore kassiert, da werde sich der Sepp Maier aber freuen, sagte Lüder damals, der Kleff sei jetzt wohl erst mal abgeschrieben, na, und dann hättest Du mal erleben sollen, was passierte, als der Stadionsprecher die übrigen Ergebnisse durchgab, die *Bayern* hatten auch verloren, in Kaiserslautern, mit sieben zu vier, der Sepp hatte noch ein Tor mehr kassiert als der Kleff, das werd' ich mein Lebtag nicht vergessen, aber Gladbach ist diese Saison ja wieder stark, nicht, sind aufgestiegen in die erste Liga, ich sag' Dir was, mich freut das, mich freut, daß Gladbach wieder zurück ist in der Bundesliga, Gladbach gehört einfach in die erste Liga, mein' ich auch, hast ganz Recht, mein Herz schlägt immer noch ein bißchen für *Borussia Mönchenglad-bach*, hast ganz Recht, war 'ne klasse Mannschaft, damals, mit Kleff, Vogts, Bonhof, Hacki Wimmer, Günther Netzer, war 'ne klasse Mannschaft, spielten tollen Fußball, besseren als die Bayern, nur leider nicht den erfolgreicheren, den spielten die Bayern, die haben weitaus mehr abgeräumt als Gladbach, aber den spektakuläreren Fußball, den spielten die Gladbacher, *Inter Mailand* haben sie mal mit sieben zu eins weggeputzt, mit sieben zu eins, das war das legendäre Spiel mit dem Dosenwurf, ja, da hat ein Zuschauer eine Dose geworfen und einen italienischen Spieler am Kopf getroffen, der schied dann theatralisch aus, und das Spiel wurde annulliert deswegen, und im Nachholspiel gab's dann nur noch ein Einseins, und Gladbach war draußen aus dem Wettbewerb, ja, und in der Meisterschaft, da hat Gladbach mal die *Borussia* aus Dortmund mit zwölf zu null weggefegt, achtundsiebzig war es, glaub' ich, das letzte Spiel in der Meisterschaft, aber es hat nichts genutzt, Gladbach ist nicht Meister geworden, der Torerückstand auf Köln war zu groß, trotz der zwölf Tore, denn Köln hatte damals in Hamburg fünf zu eins gewonnen, gegen *FC St. Pauli*, und Köln war Meister, mit Hennes Weisweiler als Trainer, der hatte lange Gladbach trainiert und die Mannschaft groß gemacht, aber dann ging er, glaub' ich, nach Spanien oder so, und als er zurückkam, übernahm er Köln und wurde glatt Meister, legendäres Spiel, dieses zwölf zu null über Dortmund, ich glaube, einen so hohen Sieg hat's seitdem auch nicht wieder gegeben in der Bundesliga, damals war, glaub' ich, Otto Rehagel Trainer von *Borussia Dortmund*, und fortan nannten sie ihn Otto Torhagel, ja *Borussia Mönchen-gladbach* hat schon einen atemberaubenden Fußball gespielt, in ihrer Glanzzeit, aber ins Stadion, ins Stadion sind Lüder und ich seither nicht mehr gegangen, weder zum Handball noch zum Fußball, denn Lüder paßte diese ganze Entwicklung nicht, mit diesen Gehältern, die die Spieler kassierten, deren Gehälter finanziere er jedenfalls nicht, hat Lüder gesagt, und er ging nie wieder ins Stadion, ja, Du sagst es, dämliches Argument, als er in diese blöden Edgar-Wallace-Filme rannte, hat er deren Produktion ja auch mitfinanziert, gelt, ja, war 'ne ganz schöne Zeit damals, ich in Hamburg, Lüder in Kiel, haben allerhand gemeinsam angestellt, ja sicher, in Kiel gibt's 'ne Fähre, nach Schweden rüber, sind wir auch mal mit, im Winter hatten die immer Sonderpreise, wer will im Winter schon nach Schweden, nicht, zehn Mark nach Göteborg und zurück, und den Wagen konntest Du kostenlos mitnehmen, da sind wir halt 'n paarmal rauf aufs Schiff, bei den Preisen, ist aber eine ganz öde Fahrt, langwierig, so etwa zwölf Stunden hin und zwölf Stunden zurück, und für die Schweden ist es ja auch billig, nicht, besonders der Alkohol an Bord, und in zwölf Stunden kann man ja schon was wegkippen, ja, da haben die sich natürlich vollaufen lassen, kann ich Dir sagen, diese Brüder vertragen ja auch nichts, ist ja sauteuer, der Alkohol in Schweden, na, wenn die drei Bier trinken, starkes norddeutsches Pils, nicht, dann sind die doch schon hinüber, na klar, das schwedische Bier, das ist so eine leichte Plürre, die sind doch starkes norddeutsches Pils gar nicht gewöhnt, ekelhaft, sage ich Dir, ständig mußt Du über Schnapsleichen, es gibt ja nichts Schlimmeres als besoffene Schweden, allenfalls noch die Finnen, besoffene Finnen sind noch übler, nee, hat eigentlich wenig Spaß gemacht, die Überfahrt, und Göteborg selbst ist auch nicht gerade die turbulenteste Stadt, und fürchterlich teuer ist alles in Schweden, aber man muß das halt mal mitgemacht haben, hin und wieder sind wir auch nur ein Bier trinken gegangen, haben miteinander gequatscht, nicht, man mußte ja nicht immer gleich was anstellen, na, und manchmal hat Lüder mich auch in Hamburg besucht, da sind wir dann ins *Grünspan,* ins Kino, Theater oder ins Konzert, in Hamburg war ja immer mehr los als in Kiel, da fällt mir gerade ein, seinerzeit haben wir öfter Konzerte von Insterburg & Co besucht, naja, Konzert ist vielleicht 'n bißchen übertrieben, aber kennst Du diese Typen, dacht' ich mir, war nicht Deine

Zeit, Ende der Sechziger, Anfang der Siebziger, weißt Du, das war so 'ne Blödelgruppe, machten etwas schräge Musik, mit den unmöglichsten Instrumenten und mit ziemlich albernen Texten, heute würde man wohl Comedy dazu sagen, waren echt Spitze die Jungs, damals, inzwischen kann ich nicht mehr drüber lachen und wenn ich heute den Karl Dall im Fernsehen sehe, der war ja damals bei den Insterburgs, oh Gott, kann ich da nur sagen, was ist nur aus unserer Republik geworden, der macht rum wie früher und ist dicker im Geschäft denn je, dieselben Sprüche, dieselben Kalauer, ist das nun Fortschritt oder Rückschritt, sag', ist das Fortschritt oder Rückschritt, obwohl, dieser Karl Dall geht ja noch, der ist ja noch halbwegs erträglich, aber diese anderen Brüder, Ingolf Lück zum Beispiel, Hape Kerkeling oder Harald Schmidt, ätzend, wie, das ist Dein Kaliber, echt, das haut mich um, Gerd, ekelhaft der Typ, das reinste Brechmittel, für mich jedenfalls, genau wie dieser Heni mit dem Maschendrahtzaun, Stefan Raab, richtig, daß die Leute so was kucken, so ein geschmackloses Zeugs, richtig, das ist die heutige Zeit, da geb' ich Dir Recht, und in der heutigen Zeit, da kriegt das Dümmliche seinen Platz, Geschwätz verschafft sich seinen Raum, und Niveau bleibt auf der Strecke, genauso ist das in der heutigen Zeit, das ist die bittere Erkenntnis, die man ziehen muß, seit das Privatfernsehen eingeführt wurde, ja, Du hast Recht, hab' ich vorhin gesagt, ich hab' die Privaten gelobt, ja, hab' ich, ich hab' sie anfangs ja auch für eine Bereicherung gehalten, ich hab' auch seinerzeit, als sie das Privatfernsehen einführten, gehofft, daß dadurch das Niveau steigen würde, deswegen war ich doch dafür, deswegen war ich doch so sehr für die Einführung des Privatfernsehens, für mehr Wettbewerb, Wettbewerb steigert die Qualität, so sagt man doch, oder, sagt man nicht so, das ist doch die herkömmliche Philosophie, oder, nur ist nicht eingetreten, was wir alle erhofft hatten, das genaue Gegenteil ist eingetreten, das ist doch das Furchtbare, der Konkurrenzdruck der Programme hat das Niveau nicht angehoben, sondern verflacht, alles ist bunter, schriller, dümmlicher und oberflächlicher geworden, sogar die öffentlich-rechtlichen Sender ziehen mit, müssen auch mitziehen, ich sag' Dir was, manchmal hab' ich das Gefühl, die Menschheit wird immer dümmer, da passieren Dinge, da kann man sich nur noch an den Kopf fassen, also, wenn ich an all diesen ganzen *Big-Brother*-Schund denke, ja, ich sagte Schund, was ist das denn anderes, dämlicher geht's doch wirklich nicht, Leute einsperren und andere zukucken lassen, das ist doch nichts anderes als ein Appell an niedere Instinkte, ganz unterste Schublade, ja natürlich geht es darum, Tabus zu Fall zu bringen, weiß ich doch, aber warum, das frag' ich mich, warum sollen denn Tabus fallen, wozu denn, also ich sag' Dir was, neulich hat ein bekannter Schauspieler, ein deutscher, ein älterer schon, die Ansicht verteten, ein paar Tabus könnten nicht schaden, doch, hab' ich in einem Interview gelesen, und ich finde, er hat Recht, der Mann hat doch Recht, oder, ein paar Tabus könnten doch nun wirklich nicht schaden, bitte, Gerd, lass' uns nicht streiten, das ist die Sache doch nicht wert, sich deswegen zu streiten, *Big Brother* hat sich zudem überlebt, das interessiert die Zuschauer nicht mehr, das Interesse sinkt fast ebensoschnell wie es entstanden ist, ja, der Markt kennt kein Pardon, der ist gnadenlos, das ist Marktwirtschaft, wie sie im Buche steht, der Ausleseprozeß funktioniert, bestens, es gibt wenig, was die Zeiten unbeschadet überdauert, was sozusagen zeitlos aktuell ist, *Coca-Cola* ist so ein Fall, oder *Odol*, vielleicht auch *Maggi, Nivea* und das *Tempo*-Taschentuch, das sind Dinge, die sich am Markt durchgesetzt haben, echte Innovationen, *Big Brother* aber war nur eine Eintagsfliege, wie so vieles im Leben, das wird schnell vergessen und kein Mensch redet mehr drüber, genau wie über Stefan Raab, auch der wird sich nur als eine Eintagsfliege herausstellen, auch seine Zeit wird bald abgelaufen sein, jede Zeit hat ihre Eintagsfliegen, heute sind das Stefan Raab und Konsorten, früher in meiner Zeit waren es Insterburg & Co, oder davor Heinz Erhardt, Peter Frankenfeld, Chris Howland, oder Lonnie Donegan, Lonnie Donegan sagt Dir bestimmt nichts, siehst Du, auch er hat seine Zeit nicht überdauert, wie so vieles auf der Welt, also, Lonnie Donnegan, der spielte mal bei Chris Barbers Jazzband, kennst Du auch nicht, früher, in den Fünfzigern, spielte er da, und später machte er dann solo weiter, kam ganz groß raus, Skiffle, Waschbrettmusik, na und Anfang der Siebziger versuchte er ein Comeback, ich hatte damals auch keine Ahnung von Lonnie Donegan, aber Lüder schleppte mich hin, war nicht schlecht, eine Bombenstimmung, na und die Lieder, das war eine richtige Stompmusik, wenn Du verstehst, was ich meine, also stark rhythmusbetont, und ulkig, *Does your chewing gum loose its flavour on the bedpost overnight* war eines der Stücke, spielten sie an diesem Abend mehrmals, wollten die Leute immer wieder hören, immer wieder, sag' ich doch, irre, also Gerd, ich sag' Dir was, dieser Text nicht, dieser Text mit dem Kaugummi, der hätte auch von Lüder sein können, auf solche verrückten Dinge kam der auch immer, hat ja selbst so'n bißchen gedichtet, sagte ich ja wohl schon, nicht, naja, was heißt gedichtet, er hat damals mehr gereimt, ja, seine ganzen Schulhefte waren vollgemalt, und wo sie nicht vollgemalt waren, da waren sie vollgekritzelt mit Versen, alles albernes Zeugs, aber irgendwie gut, nicht, das machte ihm so leicht keiner nach, ja, für solchen Unfug hatte der Lüder eine Ader, das konnte der Lüder, irgendwie, aus dem Stehgreif, nein veröffentlicht hat er nie, seltsam nicht, obwohl er sich extra für seine Schreiberei einen anderen Namen zugelegt hatte, tja, was soll man dazu sagen, traurig aber wahr, geblieben ist nur der Name, er hat auch nie etwas vorgetragen, nur mir hat er hin und wieder etwas gezeigt, Lüder hat immer gesagt, er schreibe nur für sich, nicht für andere, konsequent, das muß man sagen, deshalb ließ er auch andere seine Texte nicht lesen, aber hin und wieder haben wir sie halt doch in seinen Heften entdeckt, also, der Lüder nahm das nicht sonderlich ernst, nicht, das war ein Jux für ihn, mehr nicht, aber was er draus hätte machen können, das ist es doch, er hätte doch was draus machen können, er hatte doch Fähigkeiten, er war doch gut, so gut wie so 'n Stefan Raab wär' er doch allemal, viel besser sogar, aber er wollte nicht, ihm genügte, zu wissen, daß er's konnte, und so war das auch mit vielen anderen Dingen, der Lüder war so, ja, sonderbar, er war 'ne sonderbare Marke, hat eigentlich immer Späße gemacht, ich meine damals, als wir noch zur Schule gingen, aber nie auf Kosten anderer, das muß man sagen, nie auf Kosten anderer, er hat nie andere reingelegt, es machte ihm Spaß, Spaß zu machen, ich kann mich da an eine Sache erinnern, die war typisch für ihn, im Religionsunterricht, da fehlte ja immer die halbe Klasse, weil man sich abmelden konnte, wenn man wollte, und die, die da blieben, die lümmelten sich halt in den Stühlen, lasen Zeitung oder spielten *Schiffe versenken*, ach was, das habt ihr auch gespielt, quer über die Bänke, habt Euch auch die Kombinationen zugerufen, *E5 Wasser, H3 Treffer,* so ähnlich, hat sich wohl wenig geändert in der ganzen Zeit, na, und als dann unser Religionslehrer einmal platzte, weil er dieses Gebärden satt hatte, als er sich aufregte, was die Jugend von heute, er sagte tatsächlich Jugend von heute, sich alles erlaube, was das überhaupt für eine Auffassung vom Lernen sei und daß die Jugend von heute den Älteren gar keine Achtung mehr entgegenbringe, das hätte es zu seiner Zeit niemals gegeben, diese Sprüche kennst Du sicher auch alle, gelt, da kann man mal sehen wie wenig sich im Grunde die Zeiten ändern, es wiederholt sich alles irgendwie, Unfug hat's schon zu allen Zeiten gegeben und wird es wohl auch weiterhin zu allen Zeiten geben, nicht, also, als unser Religionslehrer damals platzte und loslegte mit seinen Sprüchen, da stand der Lüder ganz seelenruhig auf und sagte mit vollkommen ernster Miene, aber Herr Lehrer, woher die Jugend von heute sich Anstand und Respekt aneigne, das müsse er doch erkennen, wenn er einen Blick ins Parlament werfe, bessere Vorbilder als die Volksvertreter könne sich die Jugend von heute doch gar nicht nehmen, echt, hat der Lüder gemacht, gut was, was haben wir gebrüllt, ist ja auch ein starkes Argument, nicht, voll überzeugend, nicht, denn im Parlament, da lümmeln sich die Abgeordneten ja auch immer rum, wenn sie überhaupt da sind, richtig, die machen alles mögliche da, auch heute noch, richtig, damals schon, und heute noch, unterhalten sich auch heute noch quer über die Bänke, laufen rum, brüllen dazwischen oder lesen Zeitung, lesen Zeitung, während ein anderer redet, hören gar nicht zu, mißachten, was der andere sagt, respektlos, sage ich auch, respektlos, das ist genau das richtige Wort, ja woher soll denn der Respekt kommen, wenn ihn noch nicht einmal unsere Volksvertreter aufbringen wollen, woher wohl, eben, und da konnte unser Lehrer damals gar nichts entgegnen, da blieb dem die Spucke weg, da hatte Lüder genau ins Schwarze getroffen, und kurz vor dem Abitur, weißt Du, da lief so'ne Liste rum, nicht, da mußte sich jeder eintragen und angeben, was er werden wolle, Beruf und so, rat' mal, da kommst Du nie drauf, wir schrieben alle brav was Ordentliches rein, Rechtsanwalt, Arzt, und was es so an feinen Berufen gibt, und Lüder, Lüder schrieb Fernsehkoch, ehrlich, Fernsehkoch, ach was, das war auch nur wieder ein Jux, das meinte er nicht, er fand es nur albern, sich da eintragen zu sollen und schrieb deswegen was Blödes, ja früher hatte Lüder noch Humor, da machte der noch sowas, da war er noch nicht so verbissen wie zum Schluß, so verbohrt wie bei den Stecknadeln, ich meine, er hätte sich empören, die Eintragung verweigern und anschließend die Schule verlassen können, wie er es später bei dem Pfeifenkopp tat, als er sein Büro verließ, nicht, hat er aber nicht, nahm's ganz gelassen, konnte er damals noch, der Lüder, hat ihm natürlich niemand geglaubt, den Fernsehkoch, sollte ja auch niemand, den Lüder hat das nicht gestört, einer von uns hat sogar Schriftsteller reingeschrieben, ja, hat er, und bekam glatt einen Anschiß vom Lehrer, er solle doch etwas Vernüftiges reinschreiben, verstehst Du, der wurde verwarnt, Lüder nicht, verstehst Du, bei Lüder war man das gewohnt, nur, der Witz an der Geschichte war ja, der andere wollte tatsächlich Schriftsteller werden, und der ist auch Schriftsteller heute, ja, in Hamburg, schreibt Kriminalromane, *Phil Parker*, falls Dir das was sagt, nein, so heißt der Detektiv, ja, da kannst Du mal sehen, mit was für berühmten Leuten wir zur Schule gegangen sind, ich könnte Dir noch andere nennen, einer ist heute sogar Bundestagsabgeordneter, Parteifunktionär, ein ganz hohes Tier, ein anderer Bundesligatrainer, jaja Fußball, der spielte in den Siebzigern bei *Bayern München,* in deren Glanzzeiten, mit Beckenbauer, Müller, Bulle Roth und so, wirklich, also der Lüder hätte meiner Meinung nach auch das Zeugs gehabt, berühmt zu werden, der hätte was Großes werden können, aber er wollte nicht, allein schon, was hätte der aus seinen Mathematik-Künsten machen können, nicht, und wo ist er gelandet zum Schluß, in einer kleinen EDV-Klitsche von irgendsoeinem hergelaufenen Obergrufti, der es sich selbst noch einmal beweisen wollte, was für ein toller Hecht er ist, und von dem ließ Lüder sich als Abteilungsleiter einspannen, ja, Lüder war natürlich geschockt, als ihm in einem dieser Perspektivgespräche das Angebot mit der Rechtsabteilung gemacht wurde, denn das hatte er ja nun niemals erwartet, schon gar nicht gewollt, naja, aber anstatt klar zu sagen, was er nun wollte oder nicht wollte, hat sich Lüder gewunden und gewunden, und damit hatte er eigentlich schon verloren, damit hatte er Schwächen gezeigt, damit wurde er verletzbar, naja, weißt Du, er hatte das Gefühl, nicht ablehnen zu dürfen, denn in der Industrie, ja, da wird man nur einmal gefragt, ja, und diese Frage kommt einem Befehl gleich, es wird ganz einfach erwartet, daß Du annimmst, doch, ablehnen kannst Du auch, aber die Folgen sind dann natürlich hart, Du wirst vielleicht nicht gerade rausgeschmissen, das nicht, aber Dir unterstellt man dann, daß Du kein Interesse am Weiterkommen hast, und dann kommst Du in der Regel auch nicht weiter und kriegst nur noch geringe Gehaltserhöhungen, wenn Du sie überhaupt kriegst, also ablehnen durfte Lüder nicht, das wußte er, andererseits wollte er jedoch auch nicht annehmen, doch anstatt sich Bedenkzeit auszubitten, was ja durchaus üblich ist, da machte er einen Gegenvorschlag, er würde es vorziehen, eine Abteilung für Öffentlichkeitsarbeit aufbauen zu können, sagte Lüder, na, da hättest Du mal seinen Chef hören sollen, wie der getobt hat, einen Wutanfall hat der gekriegt, sag' ich Dir, an die Decke gesprungen ist der, was Lüder denn wohl einfalle, schrie er, er solle sich gut überlegen, was er sage, denn das Angebot erhalte er nur einmal, das war ein klarer Einschüchterungsversuch, und das Verrückte ist, Lüder ließ sich einschüchtern, er nahm an und dankte unterwürfig noch für das Vertrauen, das sein Chef in ihn setze, und für die größere Verantwortung, die er nun tragen könne, undsoweiter undsoweiter, ja, stell' Dir vor, das hab' ich mich natürlich auch gefragt, was ist nur mit dem Lüder los, hab' ich mich gefragt, früher hätt's das nicht gegeben, daß der gegen seine Überzeugungen handelte, nicht nur das, er hätte sich früher auch nie so stark von jemandem abhängig gemacht, aber natürlich, er stand doch jetzt in der Schuld seines Chefs, er schuldete ihm Dankbarkeit, und das Vertrauen, das der ihm entgegenbrachte, das mußte Lüder rechtfertigen, koste es, was es wolle, weißt Du, Lüder fand sich plötzlich in einer Situation, in der er gezwungen war, etwas tun zu müssen, und zwar um eines anderen willen, verstehst Du, bisher tat er alles nur um seinetwillen, verstehst Du, natürlich, Lüder war kreativ, unglaublich kreativ, das war es nicht, nur, was er tat, das machte er aus eigenem Antrieb, und er machte es für sich, nun aber trieb ihn ein anderer an, etwas zu machen, nicht nur das, er trieb ihn an, etwas für den anderen zu machen, nicht etwa etwas für Lüder, naja, kannst Du Dir sicher vorstellen, das bewirkte bei ihm natürlich das genaue Gegenteil, das nahm ihm jeglichen Antrieb, natürlich nicht, natürlich konnte das nicht gutgehen, das war nur eine Frage der Zeit, das Schlimme eben war, Lüder mußte erkennen, daß er im Grunde ein Nichts war, natürlich, Du hast Recht, er konnte vieles, das ist es ja gerade, er war intelligent, begabt, kreativ, alles richtig, alles Fähigkeiten, aus denen er etwas hätte machen können, aber das hat er ja eben nicht, das ist ja der Jammer, was hätte er aus sich machen können, an was allem hat er sich versucht, immer hat er sich selbst bestätigen müssen, nur Durchhaltevermögen, das hatte er nicht, ich meine, den Ehrgeiz, eine Sache richtig zu machen, ganz zu machen, den hatte er nicht, Lüder reichte es, wenn er wußte, daß er's konnte, danach verlor er die Lust, das ist das richtige Wort, Lust, Lüder mußte ganz einfach Lust zu etwas haben, dann machte er es, er ließ sich immer ein bißchen treiben von seinen Stimmungen und Launen, jaja, dabei war er unglaublich talentiert, unglaublich, Du sagst es, Lüder war schon eine sonderbare Marke, Du hättest mal seine Mick-Jagger-Shows sehen müssen, nein, im Ernst, dafür war er bekannt damals, er stellte sich auf die Bühne und zog seine Mick-Jagger-Shows ab, öffentlich, nein, das paßte gar nicht zu ihm, da hast Du Recht, aber er liebte die Rolling Stones, damals schon, auf die stand er, nichts ging ihm über die Rolling Stones, die heulen ja heute auch noch rum, für die ist die Zeit ebenso stehengeblieben wie für den Dall, jaja, alle Ende fünfzig und rackern immer noch wie die Wilden, gehen sogar noch auf Tournee, wir hatten ja früher auch unsere Band, kurze Zeit lang, bis der Lüder aufhörte, ja, Lüder an der Gitarre und ich am Schlagzeug, kannst Du Dir nicht vorstellen, naja, Jugendsünden, und der Lüder übte mit uns immer Stones-Stücke ein, die wollte eigentlich niemand von uns so richtig, singen schon gar nicht, wir waren keine großen Blues-Fans, jedenfalls nicht so wie Lüder, aber er drang drauf, die Stücke zu spielen, und weil niemand singen wollte, machte er es selbst, sonst hat er ja nie gesungen, das wollte er nicht, da zierte er sich, er hatte mehr Spaß am Hintergrund, dieses du-ah, du-ah, balla, balla, balla, das hat er mitgemacht, das gefiel ihm, das zu singen, und als sich nun niemand fand, der den Jagger imitierte, da ist Lüder tatsächlich über seinen Schatten gesprungen, da hat er dann gesagt, also gut, wenn sich nie-

mand finde, mache er es, hat die Gitarre in die Ecke gestellt,
sich das Mikrophon geschnappt und ist auf der Bühne rum-
stolziert, wie dieser Jagger, hat seine Verrenkungen gemacht,
seine Hüpfer, hat sich hingelegt, rumgewälzt, so wie dieser
Jagger eben, nicht, und das kam an, Du hättest ihn mal sehen
müssen bei *Everybody needs somebody to love* oder *Can I get
a witness* oder bei diesem Stück, wo der Baß immer so rutscht,
I'm a King Bee, oder bei *Under the Boardwalk,* weißt Du, diesem Lied, wo sie da in Coney Island am Strand liegen, toll,
und zum Schluß sang er meistens *Route 66,* diesen Song über
die Straße da von Chicago nach Los Angeles, vor allem diese
eine Stelle da, dieses *Oklahoma City looks also pretty,* Du, das
ging unter die Haut, leider kam Lüder zu gut an, wir konnten
hinkommen, wohin wir wollten, nicht, wir tingelten damals ja
über die Dörfer, Hanstedt, Holthusen, Molzen, Groß-Ösingen
oder Wilsche, das ist schon bei Gifhorn da unten, Dannenberg,
Clenze, weiter ging's ja nicht, da war dann ja Schluß, die
Grenze, da hörte die Welt auf, ein paar mal waren wir auch im
Lüneburger *Star-Palast,* immer forderten sie Lüders Mick-Jag-
ger-Show, naja anfangs hat ihm das gefallen, aber als er seine
Show immer öfter abziehen sollte, da hat er die Lust verloren,
und aus war's mit Mick Jagger, da hat er wieder Gitarre gespielt, aber auch nicht mehr lange, nein, eines Tages kam er
nicht einmal mehr zum Üben, er blieb einfach weg, ohne
Grund, wir fuhren noch zu ihm, um ihn zu holen, aber er sagte nur, man möge ihn in Ruhe lassen, er habe keine Lust
mehr, dabei hatten wir ihm gar nichts getan, er wollte nur
nicht mehr, das war dann auch das Ende unserer Band, nicht,
jaja seine Lieblings-Band waren die Stones, er mochte sie, jedenfalls anfangs, so lange sie noch diese Bluesstücke spielten,
später haben sie sich ja vom Blues immer mehr gelöst, und da
gefielen sie Lüder nicht mehr, aber die frühen Stones-Stücke,
Heart of Stone, Time is on my side und sowas, oder auch
Come on, Mona, die liebte Lüder, auch später noch, eigentlich
wohl bis zu Schluß, die Stones, sagte Lüder noch im Sommer,

bei unserer Wanderung durch den Schwarzwald, die könne er immer noch hören, im Gegensatz zu vielen anderen Gruppen, die er früher mal mochte, die Beach Boys zum Beispiel, aber die Stones, vor allem die frühen Stones, die könne er immer noch hören, da laufe es ihm immer noch genauso kalt über den Rücken wie vor zwanzig Jahren oder dreißig, und dann, im letzten Sommer, bei der Wanderung durch den Schwarzwald, da hatten wir ein putziges Erlebnis, das muß ich Dir kurz erzählen, weißt Du, seit seiner Herzgeschichte ist er ja immer öfter Wandern gegangen, im Schwarzwald vorzugsweise, weiß' auch nicht, irgendwie liebte er die Gegend, ja, hatten ihm die Ärzte empfohlen, das Wandern im Mittelgebirge, und da ist er eben in den Schwarzwald gefahren, und im letzten Sommer war ich mitgegangen, endlich mal, ich hatte das schon ewig vor, er hatte mich ja schon öfter gefragt, ob ich nicht mitgehen wolle, immer wieder, und jetzt hatte es mal geklappt, na, was soll ich groß erzählen, wir sind eine Woche rumgelaufen, hatten uns einquartiert im *Wiedener Eck*, Wiede-ner-Eck, das ist eine Passhöhe beim *Belchen*, und da ist auch ein passables Hotel, da haben wir uns einquartiert, sind tags darauf zum *Belchen* hoch, och, das ist nicht allzu weit, etwa sechs Kilometer schätze ich, und rund vierhundert Meter Höhenunterschied, und dann haben wir unseren Wagen stehen lassen und sind rüber nach St. Blasien gewandert, nein nicht an einem Tag, das ist ein bißchen weit für einen Tag, wir sind in mehreren Etappen gelaufen, zum *Notschrei* rüber, zum *Stübenwasen* rauf, von dort runter nach Todtnauberg, bei Heidegger vorbei, jaja, der hatte da ein Häuschen und lebte da, doch wirklich, ein kleines Häuschen weit oben, sehr abgelegen, ist heute, glaub' ich Museum oder so, dann über die Todtnauer Wasserfälle runter nach Todtnau, ja, ganz niedliches Städtchen, trotz des etwas deprimierenden Namens, gelt, klingt nicht gerade sympathisch, Todtnau, übrigens, da fällt mir ein, wer abergläubisch ist, sollte sich nicht von Süden her dem Ort nähern, oder von Südwesten, warum, weil, da fährt man zunächst durch Schönau, klingt ja ganz gut, nicht, dann kommt Schlechtnau, nicht mehr so gut, gelt, und dann, richtig, dann kommt Todtnau, Schönau, Schlechtnau, Todtnau, das hat was, oder, das hat doch was, ja, von Todtnau sind wir dann wieder rauf zum *Hasenhorn* und weiter zum *Gisiboden*, kann man gut essen da oben, na, wenn Du die Gegend nicht kennst, dann sagt Dir das alles natürlich nichts, dann bringt das auch nichts, wenn ich Dir nun die Route weiter beschreibe, was ich könnte, was ich zweifelsfrei könnte, aber ich mach's kurz, eines abends kommen wir ganz erledigt in unser Quartier, in Todtmoos, war's, glaub' ich, Todtmoos-Strick, ganz erledigt, weil es ein heißer Tag war und eine anstrengende Strecke, wir hatten einen ordentlichen Aufstieg drin, zum *Blößling*, na, jedenfalls trafen wir also abends ganz erledigt in unserem Quartier in Todtmoos ein, um achte, halb neun oder so, steuerten gleich die Gaststube an, wir hatten Durst und freuten uns auf ein kühles Bier, öffneten die Tür zur Gaststube, ja, was meinst Du, was da geschah, da ging, urplötzlich, ein Ruck durch Lüder, plötzlich war der wieder hellwach, denn kaum, daß wir die Tür geöffnet hatten, schallten uns die Stones entgegen, doch, ehrlich, ist kein Witz, im tiefsten Schwarzwald, abends in einer gut bürgerlichen Gaststube, begrüßten uns die Stones, und das ausgerechnet noch mit *Little Red Rooster*, Lüders Lieblingssong, ob Du es glaubst oder nicht, jaja, er schwärmte ja für diese Blues-Legenden aus den Vierzigern und Fünfzigern, nicht, John Lee Hooker, B.B. King, Chuck Berry, Willie Dixon, Ellas McDaniel, der sich Bo Diddley nannte, und wie sie alle hießen, oder Muddy Waters, der eigentlich auch ganz anders hieß, übrigens wußtest Du, daß die Rolling Stones ihren Namen von Muddy Waters haben, ja, nach seinem Stück *Rollin' Stone,* haben sie sich benannt, wirklich wahr, und wie Muddy Waters bei den Stones war Bo Diddley der Namensgeber der Pretty Things, die nannten sich nach seinem Stück *Pretty Thing,* interessant, nicht, naja, Dick Taylor von den Pretty Things und Mick Jagger waren enge Freunde, kannten sich, glaub' ich, von der Schule, ebenso wie Keith Richards und Mick Jagger, und alle waren sie eben große Blues-Fans, und die Stones haben dann ja auch mit Blues begonnen, wollte anfangs niemand hören, aber dann hatten sie eben doch großen Erfolg, aber Lüder war nicht nur auf die Stones abgefahren, er mochte damals auch andere Bands, die Yardbirds zum Beispiel, Yardbirds, hast Du nie diesen Film von Antonioni gesehen, *Blow Up,* mit David Hemmings und Vanessa Redgrave, nicht, der Lüder ist rein, weil da 'ne kleine Szene mit den Yardbirds drin vorkommt, starke Szene, da spielen die in so einem Club oder Schuppen, nicht, ganz wilde Truppe, waren bekannt dafür, daß sie immer ihre Instrumente und Anlagen zertrümmerten, jaja, haben die gemacht, wie die Who ja auch, ja, und dieser Antonioni, der hat das gefilmt, wie die in einem Konzert da ihre Geräte zertrümmern, und der David Hemmings, nicht, der kommt da zufällig rein in das Konzert, weil er den Krach auf der Straße hört, und dann läßt er sich von dieser Stimmung begeistern und erkämpft sich mühselig ein Stück vom Gitarrenhals, den die Yardbirds ins Publikum werfen, und ist ganz stolz, daß er ihn kriegt, und als er wieder rausgeht auf die Straße, nicht, da schmeißt er den Gitarrenhals fort, starke Szene, nicht, im Saal hatte der Gitarrenhals eine ungeheure Bedeutung für ihn, und auf der Straße war's dann nur noch ein gewöhnliches Stück Holz, zum Wegwerfen, hast Du nie gesehen, guter Film, der Lüder mußte unbedingt rein, weil sie da diese Szene mit den Yardbirds zeigten, später, als sich die Yardbirds auflösten, da schwenkte er um auf Blind Faith, richtig, wegen Eric Clapton, der war ja mal bei den Yardbirds, aber nur kurz, und in jener Zeit, als die Yardbirds allenfalls lokal bekannt waren, wußtest Du übrigens, daß sie Nachfolger der Stones waren, jaja, die Stones haben ja ganz zu Anfang als Live-Band begonnen, war ja üblich damals, im Londoner *Crawdaddy Club*, und als sie da aufhörten, so zweiundsechzig, dreiundsechzig, da suchten die Betreiber eine Nachfolgeband, und das wurden die Yardbirds, übrigens auf

Empfehlung der Stones, jaja, der Stones, Du hast richtig gehört, das war noch die Zeit, als der Clapton bei den Yardbirds
spielte, aber zu den Zeiten der ersten Plattenerfolge war der
schon wieder weg, weil er nicht einverstanden war mit dem
Stil, den die Yardbirds einschlugen, die entfernten sich ja
mehr und mehr vom Blues, und das gefiel dem Clapton nicht,
damals ging er dann zu John Mayalls Bluesbreakers, jaja, so
war das, an Claptons Stelle trat dann übrigens Jeff Beck, falls
Dir das was sagt, und mit ihm hatten die Yardbirds ihre er-
folgreichste Zeit überhaupt, und der Clapton schloß sich dann
mit Stevie Winwood, Ginger Baker und Rick Grech zu Blind
Faith zusammen, aber die hielten ja nur eine Platte lang, dann
gründeten Eric Clapton und Ginger Baker, der Schlagzeuger,
richtig, der beste damals, neben Keith Moon von den Who,
zusammen mit Jack Bruce die Gruppe Cream, und Lüder war
ab sofort Cream-Fan, Led Zeppelin gefiel ihm natürlich auch,
klar, weil da Jimmi Page mitmachte, war übrigens auch mal
bei den Yardbirds, ja, als Baßmann Paul Samwell-Smith die
Truppe verließ, stieg Jimmi Page ein, war überhaupt eine tolle
Figur, dieser Jimmi Page, schon als unbekannter Studio-Musi-
ker war er bei allem dabei, was sich später als richtungwei-
send herausstellen sollte, angeblich soll er es ja gewesen sein,
der die Lead-Gitarre in *Baby please don't go* von Them spielte, ja, die hießen so, Them, einfach Them, und bis heute hält
sich auch hartnäckig das Gerücht, daß die brutal harte Gitarre
in *You Really Got Me* von den Kinks nicht Dave Davies spielte, sondern Jimmi Page, jaja, die Yardbirds haben die gesamte
Musikszene der Sechziger beeinflußt, nicht, ohne die Yardbirds wäre auch so manche Heulboje von heute nicht am Ru-
der, nimm nur mal diesen Jeff Beck, der machte nach seiner
Yardbirds-Zeit die Jeff-Beck-Group auf, eine sehr bluesige
Gruppe, und die hatte einen Sänger, Wahnsinn, sag' ich Dir,
irrsinnige Stimme, irrer Typ, na, und der hieß, wie hieß der
wohl, Rod Stewart hieß der, hat sich auch über die Zeit gerettet, heult heute noch rum, genau wie dieser Clapton, ja, diese

Namen sagen Dir was, Beatles, nee, mit den Beatles durftest Du Lüder nicht kommen, sicher, die haben auch was bewegt, aber auf einer ganz anderen Schiene, nicht, die haben auch mit Rhythm & Blues begonnen, jaja, ganz am Anfang, *Twist and Shout, Money* und sowas, aber sie waren lange nicht so gut wie die Stones, im Blues, meine ich, ja sicher 'n paar Stücke von Chuck Berry haben sie auch gespielt, *Roll over Beethoven, Rock 'n Roll Music* und so, aber die Beatles hatten nicht das richtige Bluesfeeling, wenn Du verstehst, was ich meine, die wurden erst dann gut, als sie ihre eigenen Lieder brachten, ihren eigenen Stil entwickelt hatten, aber Lüder konnte die Beatles nicht leiden, das war ihm alles zu seicht und zu geschönt, was die Beatles machten, gab ziemliche Konflikte bei uns in der Band, weil unser Baßmann Beatles-Fan war und die Stones nicht leiden konnte, und als Lüder dann eines Tages auch noch vorschlug, Stücke von Pink Floyd und Jimi Hendrix einzuüben, *See Emily Play* oder *All along the Watchtower,* da wollte unser Bassist glatt aussteigen, und Lüder mußte einlenken, wohl oder übel, wir übten dann *Light my Fire* von den Doors ein, unser Bassist hatte nämlich einen Freund mitgebracht, und der hatte eine Hammond-Orgel, nee, eine Hammond-Orgel, das war so ein kleines Ding, eine elektrische Orgel, war damals große Mode, kein Keyboard, das gab's damals ja noch gar nicht, und dieser Freund, der hatte so ein paar Stücke drauf, aber dadurch änderte sich der Stil unserer Musik, und auch die Stücke wurden andere, *Light my Fire* und *House of the Rising Sun* hat Lüder ja noch akzeptiert, aber bei *Early Bird* oder diesem Orgasmus-Heuler, der da gerade in Mode war, ja, genau, Jane Birkin, da kennst Du Dich aus, alter Schlawiner, was, da drehte sich Lüder immer mehr der Magen um, ja, wenn der Orgelmann wenigstens Nice-Stücke draufgehabt hätte, das wär' was für den Lüder gewesen, Nice ist Dir unbekannt, Keith Emerson sagt Dir nichts, Keith Emerson, später bei Emerson Lake and Palmer, also dann in aller Kürze, Keith Emerson war Organist, ein ziemlich wilder, das Instrument beherrschte der wie kaum ein anderer, und er war die tragende Säule der Gruppe, und die Orgel mit Keith Emerson beherrschte die gesamte Musik von Nice, er baute auch immer klassische Elemente ein, *Brandenburger* zum Beispiel, von Bach, naja, unser Orgelmann damals war lange nicht so gut wie Keith Emerson, und Nice-Stücke hat er schon gar nicht drauf, wollte so was auch gar nicht spielen, na, so kam eins zum anderen, und irgendwann hat Lüder dann eben nicht mehr gewollt, er hatte den Spaß verloren, er hat dann wohl öffentlich nie wieder gespielt, nicht jedenfalls, daß ich's wüßte, bis ich ihn dann kürzlich auf dem Schloßplatz wiedersah, in Kiel hat er anfangs öfter noch zur Gitarre gegriffen, um seine Fingerfertigkeit nicht zu verlieren, sagte er, vielleicht wollte er aber auch auf Liedermacher machen, weißt Du, Ende der Sechziger, Anfang der Siebziger, das war doch diese Zeit der Liedermacher, Degenhardt, Biermann, Hannes Wader, Schobert & Black, ach was, hat mit Roy Black nichts zu tun, richtig, der Roy Black, der war auch so ein Fossil, der lebte zuletzt auch nur von seiner Vergangenheit, und in seiner Vergangenheit, der Junge hatte es wahrlich nicht leicht, mußte fünfundzwanzig Jahre lang, tagein, tagaus sein *Ganz in Weiß* dudeln, immer und immer wieder, da muß er ja kaputtgehen bei, das hält doch das stärkste Herz nicht aus, zugegeben, Evergreens hat es zu allen Zeiten gegeben, aber warum nur, warum schauen die Leute so gern zurück, warum holen sie sich die gute alte Zeit immer wieder zurück, warum schauen sie nicht nach vorn, ach was, wieso sollte sie die Zukunft beunruhigen, wieso beruhigt die Erinnerung, da macht man sich doch etwas vor, in der Rückschau wird doch alles viel schöner, da wird doch alles durch einen Filter gesehen, und der Roy Black, nicht, glaubst Du nicht, der hat nicht gemerkt, daß er den Leuten immer etwas vorgaukeln muß, etwas, das es nicht mehr gibt, oder denk' an Rex Gildo, der unlängst aus dem Fenster gesprungen ist, oder sein soll, glaubst Du nicht, daß dem es nicht auch so ging wie Roy Black, der eine wie der andere, immer und immer wieder mußten sie die alten Zeiten wiederbeleben, aber ich meinte eben nicht Roy Black, ich meinte Schobert & Black, zwei Liedermacher, waren mal ein paar Jahre ganz oben, aber ich glaub', der Lüder hatte nur kurz mit dem Gedanken gespielt, auch solche Lieder aufzunehmen, weißt Du, das war doch die Zeit, in der einige seiner Schulkameraden, die waren, glaub' ich, ein oder zwei Klassen höher gewesen, ein bißchen Erfolg hatten, auch Schallplatten machten, Leinemann hießen die, machten auch so Skiffle, wie dieser Lonnie Donegan, von dem ich Dir erzählt hab', ja, richtig, der mit dem Kaugummi, ist doch eine tolle Frage, was, richtig philosophisch, aber Skiffle flackerte damals auch nur kurz wieder auf, die Zeit dafür war vorbei, so wie heute die Zeit für die Liedermacher vorbei ist, wer redet noch von ihnen, wer kennt noch ihre Namen, ja gut, Reinhard Mey, das ist ein Dauerbrenner, aber der hat sich halt geschickt den Zeiten angepaßt, bleibt sich treu, ohne sich zu wiederholen, das ist die Kunst dabei, gar nicht so einfach, aber sonst, kennst Du etwa Namen der Liedermacher, sind Dir die ein Begriff, na bitte, Ulrich Roski, sagt Dir das was, na, ist ja auch egal, um den war es ja lange Zeit still geworden, dann wollte er es vor einiger Zeit noch mal versuchen, hat aber wohl nicht geklappt, ist auch gut so, oder, was vorbei ist, ist vorbei, das sollte man nicht wiederbeleben, mein' ich jedenfalls, alles hat seine Zeit, und die ist begrenzt, im Fußball rollte ja auch so eine Welle, nicht, da holten sie die alten Hasen von einst wieder, jaja, mit den Jungen kommen sie nicht zurecht, deren Entwicklung braucht ja Zeit, nicht, sie selbst wissen nicht weiter, und in ihrer Ratlosigkeit klammern sie sich an die Alten, nicht nur bei *Bayern München*, die Klinsmann aus England geholt haben, ja, und den Matthäus noch mit achtunddreißig spielen ließen, jetzt, nach dem Gewinn der *Champions League*, wollen sie ja einen radikalen Schnitt machen und die Mannschaft verjüngen, na, bin gespannt, ob sie den Mut dazu aufbringen werden, aber nicht nur die *Bayern*, nein, auch andere Top-Vereine haben auf die Alten gesetzt, erinnere Dich an *Werder*, mit Votava, Burgsmüller und Allofs, oder *Bayer Leverkusen*, die hatten seinerzeit den Schuster aus Spanien zurückgeholt, *Borussia Dortmund* gleich ein halbes Dutzend Italienrückkehrer, Reuter, Sammer, Riedle, Kohler, Möller, und, was hat's genutzt, ja sicher hatten sie Erfolg, ich weiß, Dortmund hat die *Champions League* gewonnen, sicher, und danach, was kam danach, da brach die Mannschaft auseinander, da gingen die Erfahrenen, und hinten nach kam nichts, das ist doch der springende Punkt, verstehst Du, es kam nichts nach, es kam deswegen nichts nach, weil nichts nachkommen konnte, weil sie nur erfahrene Spieler gekauft hatten, fertige, und für die Jugend nichts getan hatten, oder zu wenig, meinetwegen, ich sag' Dir was, die Einstellung ist falsch, es ist falsch, nur auf die Erfahrung zu setzen, sicher, Erfahrung gibt Sicherheit, jugendlicher Leichtsinn ist ein Risiko, aber die Einstellung ist falsch, wie sollen die Jungen denn Erfahrung sammeln, wenn nur auf die Alten gesetzt wird und die Jungen keine Chance kriegen, sich zu bewähren, wie war des denn damals mit den *Bayern*, als die Europapokalsieger wurden, Mitte der Siebziger, dreimal hintereinander, waren das alles fertige, waren das allles erfahrene Spieler, die den Erfolg gebracht haben, Müller, Beckenbauer, Maier, das waren doch alles junge unerfahrene Kerle, talentiert, aber ohne internationale Praxis, aber sie hatten die Chance damals, und sie haben sie genutzt, man muß Vertrauen haben, Vertrauen in die Kraft der Jugend, und dazu muß man auch Fehler zulassen, zulassen können, aber in der heutigen Zeit sind Fehler nicht erlaubt, heute zählt nur der Erfolg, und zwar der schnelle Erfolg, und deshalb werden Namen verpflichtet, Namen sollen den Erfolg bringen, jetzt hat doch gerade *Borussia Dortmund* den Amoroso verpflichtet, nicht, für fünfzig Millionen, fünfzig Millionen, muß man sich mal vorstellen, obwohl das ja noch wenig ist im Vergleich zu dem, was *Real Madrid* für den Zidane ausgegeben hat, hundertsiebenundvierzig Millionen haben sie *Juventus Turin* bezahlt, nur, damit sie Zidane kriegen, Summen sind das, was, da weiß man gar nicht, was man sagen soll, das sind Dimensionen, davon kann unsereins nur träumen, na, jedenfalls als der Amoroso-Einkauf in Deutschland auf Kritik stieß, immerhin ist das der teuerste Transfer aller Zeiten in der Bundesliga, als sich Dortmund also Kritik einfing, da hat der Manager nur lapidar gesagt, die Bundesliga müsse doch in die Hände klatschen, wenn Dortmund versuche, Stars in die Bundesliga zu holen, siehst Du, genau das ist der Punkt, der Satz verrät doch alles, es geht um Stars, um Namen eben, um nichts anderes, denn es ist ja so, die Leute wollen immer alles auf einmal, bekannte Namen, Erfahrung und natürlich Erfolg, und dafür wird Geld ausgegeben, dafür ist auch Geld da, aber was man für fünfzig Millionen nicht alles an guter Jugendarbeit leisten, könnte, danach fragt kein Mensch, aber ich sag' Dir was, Namen zu verpflichten, das reicht noch lange nicht, ja, das ist kurzsichtig, man muß auch an morgen denken, an den Nachwuchs, aber zu jungen Spielern und Spielern ohne Erfahrung hat man kein Zutrauen, vor allem auch keine Geduld, denn die müssen wachsen, und das dauert seine Zeit, nicht, also kriegen sie keine Chance, wie bei den Bewerbungen, genau wie bei den Bewerbungen, was hat sich der Lüder schwarzgeärgert, nach seiner Referendarzeit, als er sich bewarb, bei Unternehmen, zig Bewerbungsschreiben schickte er los und erhielt lauter Absagen, weil er keine Berufserfahrung vorweisen konnte, nee wirklich, diese Personalchefs damals suchten allen Ernstes Hochschulabsolventen mit drei, vier, fünf Jahren Berufserfahrung, muß man sich mal vorstellen, Du willst in den Beruf einsteigen, bist Anfänger, und sollst schon Erfahrung mitbringen, und wenn Du keine vorweisen kannst, kriegst Du keine Chance, wie Wilhelm Voigt komme er sich vor, sagte Lüder gern, der suchte Arbeit, mußte aber dazu einen Paß vorlegen, doch den Paß bekam er nur, wenn er Arbeit vorweisen konnte, Wilhelm Voigt kennst Du nicht, den Schuster, aber den *Hauptmann von Köpenick,* den kennst Du, siehst Du, das sagte der sich auch, der sagte sich auch, als Schuster werde er eine Null bleiben, also ließ er sich was anderes einfallen, aber Lüder war nicht so, Lüder konnte das nicht so einfach hinnehmen, der konnte nicht darüber hinwegsehen und sich sagen, na wartet, meine Chance kommt noch, ich werd's euch zeigen, das konnte er nicht, Lüder war eben kein *Hauptmann von Köpenick,* eher ein *Michael Kohlhaas,* wenn Du verstehst, was ich meine, er fand es eben nicht in Ordnung, daß man von ihm schon Berufserfahrung erwartete, und was Lüder nicht in Ordnung fand, das hatte sich zu ändern, nicht Lüder, nicht Lüder hatte sich zu ändern, auch nicht Lüders Einstellung hatte sich zu ändern, seine Einstellung zu den Dingen, die Verhältnisse hatten sich zu ändern, von Berufsanfängern bereits Erfahrung zu verlangen, sagte Lüder, darin zeige sich eine ganz bestimmte Haltung, die für unsere Gesellschaft typisch sei, ich solle mir doch mal anhören, wie sie jammerten, die Personalchefs, keiner würde geeignete Leute kriegen, was sich bewerben würde, sei alles Kroppzeug, zum Vergessen, ich solle mir auch mal die Klagen der Unternehmer anhören, die stellten sich allen Ernstes öffentlich hin, sagte Lüder, und jammerten, sie bekämen keine geeigneten Fachkräfte mehr, die Arbeitslosigkeit sei hoch, aber sie bekämen keine Fachkräfte, ich sag' ja nicht, daß es so ist, ich sag' nur, was Lüder sagte, ich referiere sozusagen, gebe wieder, und Lüder meinte, das habe doch Methode, die Erwartungen würden doch bewußt so hoch geschraubt, daß sie sich gar nicht erfüllen könnten, damit hinterher, wenn sich das Unerreichbare als unerreichbar erweise, das große Gejammere einsetzen könne, wie ihn das anwidere, diese Selbstbemitleidung, und möglicherweise, sagte Lüder, werde das alles nur bewußt aufgebaut, wie ein Papiertiger, möglicherweise suchten die Unternehmer in Wirklichkeit gar keine Fachkräfte, sondern gäben das nur vor, damit sie jammern und Politik betreiben könnten, damit sie stärkeren Druck auf ihr vorhandenes Personal ausüben könnten, Überstunden zu machen, und möglicherweise suchten die Personalchefs auch gar keine Hochschulabsolventen, sondern gäben das ebenfalls nur vor, um vielleicht die Konkurrenz zu beeindrucken oder zu irritieren oder aus was auch immer für Gründen, ja, hat der Lüder wirklich gemeint, er hat es dann auch aufgegeben, sich auf die Annoncen zu bewerben, was solle denn das für einen Sinn haben, hat Lüder gesagt, selbst wenn sie ihn nähmen, dann würden sie ihm doch keine Gelegenheit zur Entfaltung einräumen, meinte er, was er denn in einem solchen Laden solle, hat er gesagt, ja, ganz recht, hab' ich ihm auch gesagt, auf diese Weise, hab' ich zu Lüder gesagt, komme er zu nichts, geschenkt werde einem im Leben nichts, hab' ich gesagt, aber er winkte nur ab, ich solle ihm doch bitte nicht mit Sprüchen kommen, ich solle ihm doch bitte sagen, wie er nun zu einem Job komme, alles, was er wolle, sei eine Chance, wenn er keine Chance erhalte, könne er sich auch nicht bewähren, ich hab' ihm gesagt, ganz sicher könne ich ihm keinen Job verschaffen, aber er solle sich nicht entmutigen lassen, er solle gelassen bleiben und das alles nicht so verbissen sehen, und ich hab' ihm weiter gesagt, er solle sich bloß nicht einreden, daß sich die Welt gegen ihn verschworen habe, er solle sich vielmehr freuen, daß er für diese Unternehmen, die gewissenlos Unmögliches erwarteten, nicht arbeiten müsse, wenn er das müßte, sagte ich, wenn er in diesen selbstgefälligen Häusern seinen Dienst verrichten müßte, dann wäre er seines Lebens nicht mehr froh, na, wie Recht ich hatte, erfuhr er dann ja in dieser EDV-Klitsche, sein Chef hatte echt bekloppte Marotten, ich frag' mich nur, wie Lüder es überhaupt aushalten konnte, mit diesem Chef, der sei nicht einfach zu ihm gekommen, wenn er was von ihm gewollt habe, obwohl sie ja auf dem gleichen Stockwerk saßen und gar nicht so weit voneinander entfernt waren, der hat vielmehr immer seine Sekretärin anrufen lassen, er, Lüder, möge sich in der nächsten halben Stunde bereithalten, der Chef wolle mit ihm sprechen, und dann wagte Lüder natürlich nicht, das Telefon zu benutzen, weil er fürchtete, es zu blockieren, denn sein

Chef hätte es niemals geduldet, daß die Leitung besetzt war, wenn er anrief, dafür hatte er ja extra vorher Bescheid gegeben, damit Lüder sich auf den Anruf einstellen konnte, eben, das war es ja, das dauerte manchmal, bis der Chef zurückrief, zehn Minuten oder fünfzehn oder manchmal auch eine halbe Stunde, aber Lüder war dann die ganze Zeit mehr oder weniger gezwungen, nicht zu telefonieren, klar, und auf Anrufe, die er während dieser Phase erhielt, reagierte er gar nicht erst, und bei Terminen war es genau dasselbe, Termine hat sein Chef auch nie mit Lüder gemacht, ich mein', normalerweise sollte man doch denken, daß man eine Uhrzeit abspricht, wenn man eine Rücksprache hat, oder, das ist doch normal, oder, hat der aber nie gemacht, er hat auch immer durch seine Sekretärin ausrichten lassen, Lüder möchte sich bereithalten, der Chef wolle ihn sprechen, auf Abruf, ja, auf Abruf, so hieß das da in diesem Laden, das war das System des Chefs, Termine auf Abruf zu vereinbaren, wie ein Hund beim Apportieren sei er sich vorgekommen, sagte Lüder, wie ein Hund, den man zu sich pfeife, und das Schlimme war, Lüder wußte ja nicht, wann der Abruf kam, das konnte in fünfzehn Minuten der Fall sein, in zwanzig, in einer Stunde oder auch in zwei Stunden, auf jeden Fall aber hatte Lüder zu warten, er durfte seinen Platz nicht verlassen, denn jederzeit konnte ja der Abruf kommen, und er wagte auch nicht, während dieser Wartezeit einen neuen Vorgang zu beginnen, aus Furcht vor doppelter Arbeit, aus Furcht davor, den Vorgang, den er nun gerade begonnen hatte, wieder abbrechen zu müssen, nur weil der Abruf kam, und solche Abrufe bekam Lüder ja nun mehrmals am Tag, nicht nur einmal, mehrmals, da kannst Du Dir ja vorstellen, daß Lüder kaum zu seiner eigentlichen Arbeit kam, natürlich, sein Chef hatte seine eigene Arbeit hervorragend organisiert, er war Experte auf diesem Gebiet, aber das Gesamtgefüge, das Ineinandergreifen der einzelnen Arbeitsabläufe, das zerstörte er total, denn so wie mit Lüder, so sprang er ja auch mit seinen anderen Abteilungsleitern um, die saßen wie Lüder rum und warteten auf ihren Abruf, grotesk was, na, unter den Sekretärinnen kursierte denn auch genüßlich der Witz, zwischen Abteilungsleitern und Zitronenfaltern bestehe auch nicht der geringste Unterschied, oder habe jemand schon einmal einen Zitronenfalter Zitronen falten gesehen, Du sagst es, der reine Stumpfsinn, was bin ich froh, daß ich meinen Kiosk habe, da bin ich mein eigener Herr, na klar, abhängig bin ich in gewisser Weise auch, von den Kunden, aber das ist natürlich kein Vergleich zu diesem Chef von Lüder, gut, die Kunden haben auch alle ihre Macken, die brauchen auch alle ihre Streicheleinheiten, und die kriegen sie auch von mir, aber sicher, da vergebe ich mir doch nichts, aber von den Kunden käme niemand auf die Idee, mich rumzukommandieren, das dürften sie sich auch nicht leisten, irgendwo muß ja die Grenze sein, und wenn mich einer rumkommandieren wollte, Du, dem würde ich aber schon meine Meinung sagen, naja, ich glaub' der Lüder wußte gar nicht, was ihm damals alles erspart geblieben ist, als alle seine Bewerbungen erfolglos blieben, wie hätte er es auch wissen sollen, woher denn, hat ihn auf alle Fälle ganz schön mitgenommen damals, daß er immer nur Absagen kriegte, das hat ihm den ersten Knacks versetzt, doch, bin ich ganz sicher, aber diesen Knacks hätte er so oder so gekriegt, wenn nicht durch die permanten Absagen, dann bei seinen ersten Gehversuchen in der Industrie, fragt sich nur, was besser ist, den Schock sofort kriegen oder später, also, ich für meinen Teil, ich wäre für sofort, wenn ich einen Schlag abkriegen soll, dann möchte ich ihn gleich haben, dann hab' ich das hinter mir, aber wer will schon wissen, wie Lüder das verkraftet hätte, er war schon eine sonderbare Marke, der Lüder, nicht für unsere Welt geschaffen, ach was, Kämpfer war der Lüder nicht, sicher, er konnte konsequent sein, gnadenlos konsequent, aber wenn es darum ging, den Widrigkeiten des Lebens, wie man so schön sagt, entgegenzutreten, dann war er seltsam schwach, sicher, er konnte Freiräume nutzen, aber dazu mußten sie erst einmal da sein, wenn es darum ging, die

Freiräume erst zu schaffen, dann konnte er gar keinen Ehrgeiz entwickeln, jedenfalls keinen, der darauf zielte, die Hürden zu überspringen, eher noch setzte er sich für die Beseitigung der Hürden ein, wie er es seinerzeit mit dieser Bürgerinitiative gegen die Computer vorhatte, nein, nein, er bewarb sich dann einfach gar nicht mehr bei den Unternehmen, wenn die ihn nicht wollten, sagte er, dann sollten sie ihn auch nicht kriegen, die Rechtsabteilungen sollten ihm gestohlen bleiben, sagte er, und so ging er in den Journalismus, ja, er besann sich auf seine Schulzeit, da hatte er ja bei der Schulzeitung mitgearbeitet, aber nicht lange, da gründeten ein paar seiner Schulkameraden eine Schülerzeitung, *Delta* hieß die, glaub' ich, irgend so etwas Griechisches jedenfalls, und da schloß er sich der Schülerzeitung an, weil er da freier war, da mußte nicht alles dem Direx vorgelegt werden, ja, und da rief der Lüder einfach ein paar Zeitungen an, Bewerbungen schreibe er keine mehr, sagte er, er ging also direkt zum Telefonapparat, und siehe da, ein Blatt in Mainz oder Wiesbaden, oder war es Darmstadt, jedenfalls zeigten die Interesse, *Darmstädter Echo*, wie kommst Du darauf, von den *Drombuschs*, was ist das, ach so, nein, nie gesehen, wie gesagt, hin und wieder ein Fußballspiel, aber sonst, genau, was soll ich groß fernsehen, ich hab' ja meine Zeitschriften, gelt, jedenfalls mußte er dann so eine blödsinnige Aufnahmeprüfung machen, da sollte er einen langen Bericht in einer zwanzigzeiligen Nachricht zusammenfassen, und noch ein paar andere Sachen, ich glaub', den Begriff Bruttosozialprodukt sollte er kurz in einem Satz erklären, so, daß ihn auch die Oma verstehe, weißt Du, was ein Bruttosozialprodukt ist, ja, könnte ich Dir erklären, soweit reichen meine volkswirtschaftlichen Kenntnisse noch, also, das Bruttosozialprodukt ist die Summe aller Güter und Dienstleistungen, die während eines Zeitraums in einer Volkswirtschaft hergestellt wurden, ist nicht ganz korrekt, aber das ist quasi der gesamte Güterhaufen, alles was produziert wurde, Bügeleisen, Oberhemden, Autos, Reißbrettstifte, was Du willst, so mußt Du Dir das vorstellen, jaa, da hast Du natürlich Recht, das alles kann man natürlich nicht addieren, was in diesem Haufen ist, erst wenn man die Güter bewertet, in Geld, dann kann man addieren, aber da stellt sich die Frage, womit bewertet man, und weil es da eine ganze Reihe verschiedener Dinge gibt, mit denen man bewerten kann, gibt es auch eine ganze Reihe verschiedener Sozialprodukte, zu Marktpreisen, zu Faktorkosten, es gibt das Nettosozialprodukt, das Bruttoinlandsprodukt, das Volkseinkommen, das identisch ist mit dem Nettosozialprodukt zu Faktorkosten, aber lassen wir das, das führt zu nichts, natürlich, natürlich kann ich Dir den Unterschied zwischen Sozialprodukt und Inlandsprodukt erklären, das Sozialprodukt ist der Güterhaufen, den alle Inländer im In- und Ausland produziert haben, man sagt zum Sozialprodukt auch oft Inländerprodukt, im Gegensatz zum Inlandsprodukt, das ist der Güterhaufen, der im Inland von In- und Ausländern hergestellt wurde, verwirrend, überhaupt nicht, für Lüder war das auch ein Kinderspiel, zu erklären, was ein Bruttosozialprodukt ist, kurz und gut, er kriegte den Job, ja, tatsächlich, und dann hättest Du ihn mal hören sollen, oben auf war er, triumphiert hat er, im Journalismus, sagte er, da erhielte man noch Chancen, da setze man noch Vertrauen in junge Leute, dabei übersah Lüder völlig, daß die Zeitung da, in Wiesbaden oder Mainz, daß die Zeitung händeringend Leute brauchte, weil sie eine Reihe von Krankheits- und Urlaubsausfällen hatten, die hätten ihn auch ohne Prüfung genommen, aber sie wollten das ihm gegenüber nicht so deutlich machen, sie wollten ihm schon das Gefühl vermitteln, daß sie ihre Leute gründlich aussuchen, und so ließen sie ihn erst einmal schwitzen, obwohl von vornherein feststand, daß sie ihn nehmen würden, naja, Lüder glaubte daran, daß man Vertrauen zu ihm habe, was nicht das Schlechteste war, wenn Lüder das glaubte, Vertrauen ist ja in der Tat eine wichtige Sache, mein Trainer hat mir früher auch sehr vertraut, als ich meine ersten Bundesligaeinsätze hatte, und mir war oft ganz schön mulmig zumute, Muffensausen hatt' ich, hab' auch ein paar Böcke geschossen, Fehler gemacht, aber der Trainer hat zu mir gehalten, hat mir gesagt, ich sei jung und unerfahren, ich hätte ein Recht auf Fehler, denn ich müßte mich bewähren, nicht, daß ich nun bewußt Fehler machen solle, das nicht, aber ich solle vor Fehlern keine Angst haben, aus Fehlern könne man lernen, Fehler gäben einem erst das Gefühl für fehlerfreie Leistungen, und im übrigen würde jeder Mensch Fehler machen, man dürfe nur keine Angst davor haben, Angst vor Fehlern sei das Schlimmste, was es gebe, ja Du, das ist eine ungeheuer faire Einstellung, findest Du selten, so etwas, und schau' Dir doch einmal an, wie mit Fehlern umgegangen wird, wie verschieden der Maßstab bei Fehlern angelegt wird, wenn der Tormann ein Tor kassiert, dann sagen sie alle, im Fernsehen, in der Zeitung, wo auch immer, all die schlauen Leute sagen dann, der Torwart habe keine Chance gehabt, ich weiß gar nicht, woher die das wissen wollen, daß er keine Chance gehabt habe, wenn aber der Torjäger lange Zeit kein Tor schießt, Bierhoff in der Nationalmannschaft, Preetz bei *Hertha*, oder früher Fritz Walter beim *VfB*, jaja, ganz richtig, ganz früher auch Gerd Müller bei den *Bayern*, sogar Gerd Müller, dann wird er öffentlich als Versager abgestempelt, und dann schießt er erst recht kein Tor, Stürmer müssen eben Tore schießen, so ist die gängige Vorstellung, und es spielt keine Rolle, ob sie dabei aus dem Mittelfeld unterstützt werden oder nicht, aber das ist doch der entscheidende Punkt, wenn sie keine Unterstützung vom Mittelfeld kriegen, können sie vorne auch nichts ausrichten, da müssen sie ganz einfach alt aussehen, nein, es ist einfach nicht gesund, zur Jugend kein Vertrauen zu haben, es ist nicht gesund, bei dem Thema waren wir schon, ich weiß, aber ich sag' Dir was, wer der Jugend nicht traut, gibt die Zukunft auf, oder, ich mein', es sind doch die Jungen, die Druck machen, die neue Wege suchen, die uns weiterbringen wollen, wie damals in den Sechzigern, da mußte sich die Jugend ihr Gehör doch erst erkämpfen, die Alten

nahmen sie doch nicht ernst, werdet erst mal erwachsen wie
wir, schrien sie, so war's doch, das mußten wir uns doch immer anhören, wir Jungen hatten doch aus Sicht der Alten
nichts zu bestellen, wir waren doch Pimpfe, urteilen konnten
wir doch nicht, jaja, Wissen und Können ist immer ein Privileg der Alten, auch heute noch, hat sich nichts geändert, aber
diese Einstellung ist doch falsch, verstehst Du, es sind doch
die Jungen, die uns voranbringen, und deshalb müssen sie
frühzeitig anfangen, ihre Erfahrungen zu sammeln, und dazu
muß man ihnen vertrauen und ihnen ruhig einmal einen Fehler gestatten, die Jugend hat doch ein Recht auf Fehler, eher
jedenfalls als die Alten, die Erfahrenen, die machen genauso
ihre Fehler, was hat der Matthäus denn alles für Fehler gemacht, was hat er sich in den letzten Jahren bei *Bayern* für
Schnitzer erlaubt, erlauben können, doch hatte es Konsequen-
zen, ein Junger aber, der dieselben Fehler begangen hätte, der
wär' doch aus der Mannschaft geflogen, den hätte man doch
nicht wieder aufgestellt, den Älteren verzeiht man ihre Fehler
eben eher als den Jungen, so seh' ich die Sache, ja, natürlich
geht es darum, Erfolg zu haben, aber Erfolg um jeden Preis ist
auch ungesund, genauso ungesund, wie das Mittel in den Vordergrund stellen zu wollen, wie Lüder es tat, Ziel und Mittel
sind eine Einheit, müssen in vernünftigem Verhältnis zueinander stehen, ein gesundes Mittelmaß, wenn Du verstehst, was
ich meine, das Ziel muß erreichbar sein, ja, richtig, und das
Mittel muß geeignet sein, das Ziel zu erreichen, aber nicht nur
geeignet, Du mußt es auch akzeptieren, ich meine, von Deinen
Moral- und Wertvorstellungen her mußt Du es akzeptieren, also, nehmen wir mal an, Du brauchtest 100 Mark, dann hast
Du ja mehrere Mittel zur Auswahl, Du kannst Dir einen Job
suchen und Geld verdienen, Du kannst es Dir leihen, schenken lassen, eine Bank ausrauben oder, ich spitz' es jetzt mal
zu, Du kannst auch einen abknallen und ihn ausrauben, eben,
sag' ich doch, Du mußt das Mittel innerlich akzeptieren, Du
darfst nicht nur auf die Eignung schauen, denn geeignet sind

ja alle Mittel, der Job ebenso wie das Abknallen, um mal bei diesen beiden zu bleiben, in beiden Fällen kommst Du zum Ziel, natürlich kannst Du danebenschießen, das ist nicht der Punkt, Du kannst ja in Deinem Job auch Mist bauen und rausfliegen, ein Risiko ist immer dabei, aber das ist nicht der Punkt, der Punkt ist, was tust Du, wenn Du nur ein einziges Mittel hast, wenn Du nur die Möglichkeit hast, einen abzuknallen, was dann, natürlich ist das arg theoretisch, aber ich sag' Dir was, wenn Du in einer solchen Situation sagst, na, dann eben nicht, dann verzichte ich, dann zeigst Du meines Erachtens Größe und Stärke, oder, hab' ich nicht Recht, ich meine, wenn Du erkennst, daß Du Mittel einsetzen mußt, die Du eigentlich nicht billigst, wenn Du erkennst, daß Dein Ziel nicht erreichbar ist, es aufgibst und es eventuell sogar reduzierst, wenn Du Dich auch mit 50 Mark zufrieden gäbest, die Dir einer vielleicht sogar leihen würde, zum Beispiel, ja, aber das ist der Punkt, ich meine, die Fußballvereine, oder wer auch immer, die müssen ganz einfach herunter von ihrem hohen Roß, kleinere Brötchen backen, wie der Volksmund sagt, die müssen erkennen, daß sie nicht mehr Spitze sind im europäischen Vergleich, wie noch vor Jahren, sie müssen erkennen, daß sie im Umbruch sind, sie müssen einen Schlußstrich ziehen, einen Neuanfang wagen, mit jungen Leuten, ich sag' Dir was, wenn sie sich bescheiden, den Gedanken an Spitzenplätze aufgeben und erkennen, daß sie momentan nur Durchschnitt sind, dann läuft's auch wieder bei ihnen, ja, auch beim *VfB*, sie müssen sich ganz einfach wieder darauf besinnen, daß Fußball ein schlichter Wettkampf ist, mit ungewissem Ausgang, und keine pompöse Unterhaltungsschau, deren Verlauf sich planen läßt, das ist es doch, aus Sport ist Show geworden, kuck' sie Dir doch an, die Trainer, schicke Klamotten tragen sie, feines Tuch, Maßanzüge, das hat doch nichts mehr mit Blut, Schweiß und Tränen zu tun, mit Maloche, da brauchen sie sich doch gar nicht zu wundern, wenn auch die Spieler die Tugenden des Sports vergessen und den Habitus von Stars annehmen, aber das ganze Hin und Her, mit neuen Leuten, mit alten Hasen, mit Schuldzuweisungen, mit neuen Trainern, das verunsichert doch nur, und dann läuft's erst recht schief, ja Du, das ist so wie bei den Familienunternehmen, in denen die Alten zu lange das Sagen hatten, zu lange das Sagen hatten haben wollen, Pelikan, Dornier, Asbach oder Grundig, nicht, nimm nur mal Grundig als Beispiel, sicher, der hat was geleistet, geb' ich Dir Recht, geb' ich Dir hunderprozentig Recht, der hat ein prima Unternehmen aufgebaut, hatte einen blendenden Ruf, der Lüder und ich, wir hatten selbst früher Grundig-Tonbandgeräte, waren unverwüstlich die Dinger, naja, das war diese Zeit Anfang der Sechziger, nicht, da haben wir *BFBS* gehört, *British Forces Broadcasting Services*, ist 'n Radiosender, da spielten sie immer die neuesten Schlager aus England, da hörten wir immer zuerst die Hits, also die Songs, die dann Hits wurden, jaja, ich kenn' sie noch, aber wem sagt heute noch *Let's dance* von Chris Montez etwas oder *YaYa* von Joey Dee, *Glad all over* von den Dave Clark Five oder *Don't haha* von Casey Jones and the Governors, da schlackerst Du mit den Ohren, was, ich hab' die Songs noch im Ohr, oder *Sha-La-La-La-Lee* von den Small Faces oder *It's all over now baby blue* von Them, aus Dublin, hatten einen tollen Sänger, George Ivan, genannt Van, Morrisson, gelt, das sagt sogar Dir was, der macht ja heute auch noch rum, wie die anderen, Joe Cocker, Lou Reed, oder Roger Chapman, wer kennt heut' noch die Gruppe Family, mit der Roger Chapman bekannt wurde, Move oder Marmelade, oder Steamhammer, Downliner Sect, die Artwoods, aber Ron Wood kennst Du, der bei den Stones spielt, siehst Du, und dessen Bruder Art Wood hatte mal 'ne Band, eben die Artwoods, ja, wir waren immer auf dem Laufenden, wußten alles, alles über die Gruppen, ihre Zusammensetzung, wer bei wem mitmachte, wer bei wem aufhörte und wer sich mit wem zu wem wieder zusammenschloß, das wußten wir damals alles, weil wir *BFBS* hörten, samstags abends die *Top Twenty,* um elf, dann wirbelte immer *Sand-*

storm durch den Äther, von Johnny & the Hurricans, damit leiteten sie die Sendung immer ein, das hab' ich mir doch gedacht, daß Dir Johnny & the Hurricans nichts sagt, das war mal 'ne tolle Truppe, in den Fünfzigern, machte eine irre Musik, Saxophon und so, reine Instrumentalmusik, fetziger Rock 'n Roll, ging ganz schön unter die Haut, *Red River Rock, San Antonio Rose* oder *Rockin' Goose,* naja, solche Instrumentalbands, die gab's ja immer mal wieder, meistens waren es Begleitbands von bekannten Sängern, die Jordanaires von Elvis, die Crickets von Buddy Holly, die Shadows von Cliff Richard, der ja früher auch heißen Rock machte, ja wirklich, und neben der *Top Twenty* hörten wir Sonntag morgens *Top of the Pops,* da waren die Gruppen dann live im Studio, das nahmen wir dann auf, auf unsere Tonbandgeräte, mal Lüder, mal ich, und dann überspielten wir es uns, ja, und dann hatte Lüder die tolle Idee, einen Club zu gründen, ja so vier oder fünf Leute mit Tonbandgeräten und einer ohne Tonbandgerät, die sollten gemeinsam Langspielplatten kaufen, die mit dem Tonband durften sie aufnehmen, der ohne Tonband durfte die Platte behalten, so kam jeder für wenig Geld an die neuesten Platten, so für drei bis vier Mark, nur der, der die Platte dann behielt, der mußte mehr bezahlen, fünf Mark, Gott, das funktionierte anfangs ganz gut, aber dann gab es mehr und mehr Streit darüber, welche Platte angeschafft werden sollte, weil die Geschmäcker doch verschieden waren und der ohne Tonband, der die Platte dann behielt doch eine recht starke Stellung in dem Club hatte, denn wenn der sagte, er wolle diese oder jene Platte nicht, konnten die anderen eben nichts machen, nicht, sie brauchten ja jemanden, der die Platte abnahm, und so löste sich der Club allmählich wieder auf, aber die Idee war gut, gelt, auf sowas konnte auch nur Lüder kommen, er ist auch immer nach Hamburg gefahren und hat die Tonbänder geholt, bei *Brinkmann* in der Spitalerstraßer, haben inzwischen, glaub' ich, Pleite gemacht, meine jedenfalls, so was gelesen zu haben, ja, der Lüder ist immer rüber nach Hamburg, um die

Tonbänder für uns zu holen, gute solide BASF-Bänder, ach, er konnte ziemlich günstig mit dem Zug fahren, weil sein Vater bei der Bahn war, er kriegte jedenfalls die Fahrkarten immer ganz billig, da brauchte er nicht viel zu zahlen, zehn Mark hin und zurück vielleicht, und dann hat er ja gleich für uns alle Tonbänder geholt, also, das hat sich dann insgesamt schon gelohnt, unterm Strich, wenn Du verstehst, was ich meine, wie gesagt, damals hatten wir alle Grundig-Tonbandgeräte, das war die Marke damals, von Japanern war weit und breit noch nichts zu sehen, und Cassettenrecorder gab's auch noch nicht, die kamen erst später, na, und was ist aus Grundig geworden, plötzlich war er weg vom Fenster, der alte Herr konnte sich nicht trennen von seinem Unternehmen, hat nicht rechtzeitig für frisches Blut gesorgt, ihm liefen reihenweise die jüngeren Manager weg, weil der Alte sich in alles einmischte, ja, es gibt eben Menschen, vor allem in Machtpositionen, die sich nicht trennen können, die nicht loslassen können, vielleicht auch nicht wollen, und damit schaden sie sich dann selbst am meisten, und der Grundig war so 'n Typ, plötzlich war er so gut wie pleite, sagte man jedenfalls, mußte verkaufen, und Grundig-Tonbandgeräte sind so gut wie verschwunden, neenee, da kannst Du sagen, was Du willst, wenn kein Vertrauen in die Jugend vorhanden ist, dann stimmt etwas nicht, das ist ungesund, das geht nicht gut, und solche Entwicklungen, zurück zu den Veteranen, die gibt es immer wieder, zu jeder Zeit, auf allen Gebieten, in der Musik, nicht, die alten Gruppen halten sich immer noch, andere schließen sich wieder zusammen, kassieren ab, die Moody Blues, Emerson Lake & Palmer, die Hollies, und was sich da sonst noch so alles rumtreibt, die Bee Gees, Roxy Music, Genesis, Stevie Winwood versucht es noch und Eric Clapton auch, ja, der ist dicker im Geschäft denn je, die Rolling Stones kommen wieder, und auch Pink Floyd kehren zurück, zu dritt, ohne Roger Waters, Jethro Tull flöten auch immer noch rum, im Fernsehen auch, da holen sie auch gern die Altstars zurück, ich erinnere mich, da haben sie vor einigen Jahren für eine Fernsehproduktion eigens Karin Dor aus Los Angeles eingeflogen, für Unsummen, nur, um die in die Jahre gekommene Karin Dor zu holen, wer ist schon Karin Dor, daß man sie holen muß, weißt Du, wer das ist, Karin Dor, dachte ich mir's doch, aber da zahlten sie einen ganzen Batzen Geld, nur, um Karin Dor zu holen, als ob es bei uns nicht genug gute Schauspielerinnen gibt, hab' ich nicht Recht, ich hab' doch Recht, oder, vor Jahren schon hat Gottschalk wieder *Wetten daß* übernommen, nachdem er kurz zuvor erst ausgestiegen war, selbst Kulenkampff, den kennst Du doch, oder, selbst Kulenkampff ist kurze Zeit vor seinem Tod wieder in den Ring gestiegen, hat Thoelkes *Großen Preis* übernommen, was dem sauer aufgestoßen war, kannst Du Dir sicher vorstellen, er habe nur Platz gemacht, damit mal Jüngere zum Zuge kommen, soll er gesagt haben, hat ja ganz Recht gehabt, der Thoelke, denn die Jungen bleiben Eintagsfliegen, wer investiert schon in die Jungen, könnte ja ein Verlustgeschäft werden, in die Alten braucht man nicht mehr zu investieren, die haben ihren Ruf, das zieht von allein, und der Rubel rollt, so ist es doch, oder, so denken die doch, denken die nicht so, aber das ist eben ein Denkfehler, die Alten sind keine Selbstläufer, hat man doch bei Kuli gesehen, alles, was er zuletzt anfaßte, wurde 'n Flop, war es nicht so, oder in der Politik doch genauso, die CDU ist total überaltert, aber natürlich, die denken doch gerade darüber nach, wie sie die Jugend für sich gewinnen können, die laufen doch alle zu den Republikanern, doch doch, Du hast völlig Recht, das gilt auch für die SPD, Willy Brandt war nie so populär und einflußreich wie vor seinem Tod, ohne den lief zuletzt in der SPD und in der Fraktion nichts, und reihenweise wurden die Jungen verschlissen, Rau, Lafontaine, einer nach dem anderen, na, und wie lange hat es der Engholm gemacht, und Scharping, bei der CDU doch genauso, da kommen jetzt endlich mal Jüngere zum Zuge, die Merkel und der Merz, und gleich werden sie langsam aber sicher demontiert, jetzt haben sie sogar offen darüber nachgedacht, den geschaßten Wolfgang Schäuble zu reaktivieren, für den Merz sollte er kommen, als Fraktionsvorsitzender, und im Fußball eben auch, da schmeißen sie doch in Bochum den Zumdick raus, weil Bochum nicht aus dem Keller rauskommt, und wen holen sie, den guten alten Rolf Schafstall, war schon längst im Ruhestand, aber er hat vor Jahren mal Bochum vor dem Abstieg gerettet, und nun meinen sie, das alte Fossil kann's besser als das junge Greenhorn Zumdick, aber Schafstall hat's auch nicht geschafft, Bochum ist abgestiegen, wieder mal, ja, das hat alles Formen angenommen heutzutage, Du sagst es, Fußball ist eben kein Sport mehr, hast Du Recht, aber wenigstens ist Gladbach wieder in der ersten Liga, das freut mich, Gladbach gehört einfach in die erste Liga, find' ich, weißt Du übrigens, wie sich Lüder und ich kennengelernt haben, eben nicht, nicht in der Schule, auf dem Fußballplatz, sicher, wir kannten uns vom Sehen, wir gingen ja auf dieselbe Schule, doch nicht in dieselbe Klasse, anfangs zumindest, aber näher gekommen sind wir uns auf dem Fußballplatz, bei *Teutonia,* das war diese Zeit Anfang der Sechziger, als die wirklich eine gute Mannschaft hatten, da war sonntags die halbe Stadt unterwegs, aus allen Löchern kamen sie hervor, die reinste Völkerwanderung war das die Scharnhorststraße hoch, mal sehen, ob ich sie noch zusammenkriege, die Mannschaft, Butz Bertram im Tor, die fliegende Wildkatze, ehrlich, der hechtete immer furios durch den Strafraum, wie eine Wildkatze eben, Hasso Hüdepohl in der linken Verteidigung, beinhart, und dieser Polizist, der immer mit stolz geschweller Brust herumlief, Partikel hieß er wohl, spielte Mittelläufer, ja Du, damals gab es noch keinen Libero, der ja auch schon wieder überholt ist, da spielte man noch mit zwei Außenverteidigern und drei Läufern, und der Mittelläufer, das war sozusagen das Abwehrzentrum, bei dem lief alles zusammen, bis aus dem Mittelläufer der Libero wurde, und mit fünf Stürmern spielte man, nicht mit einer oder zwei Spitzen, so wie heut', naja, das war damals noch ein ganz anderes System, und im Angriff Kettler,

Müller, na, die gesamte *Teutonia* krieg' ich nicht mehr zusammen, und Linksaußen spielte Prüfer, unheimlich schnell, Mordsbumms und immer mit dem linken Außenrist, wie der Emmerich später, ist Dir Lothar Emmerich ein Begriff, Emmas linke Klebe, genau, ja, Linksaußen bei *Borussia Dortmund,* machte auch ein paar Länderspiele, na, und das Tor bei der Weltmeisterschaft in England, gegen Spanien war's, glaub' ich, aus unmöglichem Winkel, fast von der Außenlinie mit dem linken Außenrist oben ins kurze Eck, das Tor ist doch unvergessen, was, was haben andere Tore geschossen, Uwe Seeler, Gerd Müller, was haben die Tore geschossen, zack aus der Drehung, im Liegen, Fallrückzieher oder einfache Abstaubertore, aber hast Du auch nur eines so glasklar vor Augen, so eines wie das von Emma, na klar, das Wembley-Tor, das Dreizuzwei für England unter die Latte auf die Linie, klar, das ist auch nach mehr als dreißig Jahren nicht vergessen, und war's nun ein Tor, eben, mein' ich auch, war keins, hab' ich damals schon gesagt, als es fiel, als ich es im Fernsehen sah, selbst der Schiedsrichter von damals, dieser Schweizer, nicht, der wußte bis zu seinem Tod nicht, ob der Ball drin war, wußte der nicht, doch ist wahr, hat er mal in einem Interview behauptet, 'n Ding, was, der gab offen zu, daß er nicht sicher war, ob es ein Tor war, aber gegeben hat er es doch, das Tor, wir waren den Sommer in Schweden, der Lüder und ich, zelten, in Båstad, das ist dieser Tennisort bei Halmstad, wenn Du weißt, was ich meine, ja, und das Spiel Deutschland gegen England damals haben wir in der Kneipe gesehen, nur Schweden um uns rum, haben die sich gefreut, als das Dreizuzwei fiel, das ganze Lokal stand Kopf, klar doch, die waren alle für England, alle gegen Deutschland, aber nicht feindlich, wenn Du verstehst, was ich meine, sie waren eben nur parteiisch, aber deswegen waren sie keine Deutschenhasser, haben die sich gefreut, die Schweden, Lüder und ich waren uns absolut sicher, daß das kein Tor war, aber wir haben unseren Mund gehalten, wir waren ohnehin machtlos, und gehört hätte uns in dem Freudentaumel doch niemand, genau, hören hätte uns auch niemand wollen, seltsam, gelt, das ist nun mehr als dreißig Jahre her, aber die Szene, das Tor, diesen Knaller unter die Latte und den sich vergebens streckenden Tilkowski, nein, es war nicht Fahrian, Tilkowski war's, wenn ich es doch sage, Tilkowski, ganz sicher, das hat man alles noch genau vor Augen, naja, und so ein Typ wie dieser Emmerich war der Prüfer auch, kam aus Munster zur *Teutonia,* ist aber nicht lange geblieben, ich weiß gar nicht, ob er die Aufstiegsspiele noch mitgemacht hat, ja, die Aufstiegsspiele zur Oberliga Nord, damals gab es die Bundesliga ja noch nicht, die wurde ja erst zweiundsechzig oder dreiundsechzig oder so gegründet, na, und eine Saison war die *Teutonia* tatsächlich so gut, daß sie die Aufstiegsspiele mitmachte, zusammen, glaub' ich, mit *Concordia Hamburg, Leu Braunschweig,* nein, nicht die *Eintracht,* und einem Kieler Verein, ich glaube *Holstein Kiel* oder *VfB Friedrichsort,* na, ist ja auch egal, jedenfalls hat es die *Teutonia* nicht geschafft, aufzusteigen, aber das war wohl der sportliche Höhepunkt, den der Verein damals erreichte, und ich glaube, ich bin ja schon Jahrzehnte weg von da oben, aber ich glaube, so etwas haben sie bis heute nicht wieder erreicht, ich weiß gar nicht, wo die im Moment spielen, in welcher Liga, wahrscheinlich Kreisklasse oder so, aber damals waren Lüder und ich immer dabei, bei den Heimspielen zumindest, wir spielten ja selbst, nach der Schule, ja, hinter dem Arbeitsamt, auf dem Bolzplatz an der Ilmenau, Ilmenau ist ein Fluß, fließt in die Elbe, Elbe ist bekannt, ja, na prima, der Lüder stand im Tor, war ein guter Tormann, hatte gutes Reaktionsvermögen, hat aber auch draußen gespielt, meist Rechtsaußen, weil er ein guter Sprinter war, und mit seiner Schnelligkeit konnte er eben viele überspielen, aber wenn es darum ging, jemanden ins Tor zu stellen, dann ging meist Lüder rein, weil es eben nur wenige gab, die man ins Tor stellen konnte, aber hin und wieder wollte Lüder auch mal draußen spielen, Lüder und ich, wir haben ja auch mal eine kurze Zeit bei der *Teutonia* gespielt, Lüder aber nur so etwa für ein halbes Jahr, dann trat er wieder aus, aus dem Verein, das war ihm alles zu dämlich, diese Vereinsmeierei, und das regelmäßige Training, zu dem er meist keine Lust hatte, und dann diese Tingelei über die Dörfer, bei jedem Wetter, Wind, Regen, Schnee, Samstag für Samstag, nee, das machte der Lüder nicht lange mit, er spielte dann noch ein paarmal in der Klassen- und Schülermannschaft, einfach so, aus Spaß, aber das ließ er dann auch bald sein, nee, er hat dann gekegelt, ja, richtig, er kegelte, nein, nicht so zum Vergnügen, er betrieb es als Sport, Sportkegeln gibt's, ja, ja sicher, und unser Städtchen war damals so eine kleine Keglerhochburg, ja, spielte in der Bundesliga, doch, lach' nicht, das ist ein Sport, der ganz schön Kondition erfordert, und noch mehr Konzentration, die Männer machten bei den Punktekämpfen zweihundert oder sogar dreihundert Wurf in die Vollen, hintereinanderweg, jawohl, immer auf anderen Bahnen, das ist gar nicht so einfach, weil jede Bahn anders läuft, und Du mußt auch ständig den Ansatz wechseln, einmal links, einmal rechts, Du brauchst gar nicht mal soviel Kraft, die Kugel rollt schon allein runter, Du mußt sie nur richtig reinbringen, nicht, immer kurz auf den Vorderkegel, und dazu muß die Kugel in einer S-Kurve laufen, aber wie das S aussieht, mal schlank, mal dickbauchig, das hängt ganz vom Zustand der Bahn ab, das muß jeder Kegler erst mal rausfinden, und danach wählt er seinen Ansatz, aber jede Bahn läuft anders, also, es ist 'ne ganze Menge Technik dabei, die Jugend, in der Lüder damals war, die hatte es etwas einfacher, die brauchte nur hundert Wurf in die Vollen zu machen, aber die Regeln waren dieselben, na, wenn Du gut sein wolltest, mußtest Du schon Deine zwanzig bis dreißig Guten machen, also beim Kegeln zählt man nur nach Guten und Schlechten, wobei Schnitt eine Sieben ist, da staunst Du, was, ja, wenn Du hundert Siebenen hintereinander wirfst, und mach' das erst mal, dann hast Du gerade plusminus Null, da wirst Du in der Mannschaft gar nicht erst aufgestellt, wenn Du also zwanzig

113

Gute haben willst, na, das kannst Du ja selbst ausrechnen, zum Beispiel, Du kannst auch zwanzig Achten und achzig Siebenen werfen, aber wenn Du nur einen Ausrutscher hast, 'ne Vier beispielsweise, dann brauchst Du drei Achten oder eine Neun und eine Acht, um das gerade wieder auszugleichen, mit einem einzigen Wurf jedenfalls geht das nicht, das ist ja das Gemeine, och ja, das beste Ergebnis, was Lüder mal erreichte, waren wohl so dreißig bis fünfunddreißig Gute, aber da mußt Du schon einen blendenden Tag erwischen, oh ja, in den paar Jahren, in denen er wohl damals kegelte, hat er einige Pokale gewonnen, Stadtmeister, Kreismeister, und einmal sogar Landesmeister in Hannover, bei den Deutschen Meisterschaften in Berlin erlebte er sein Waterloo, da war er völlig von der Rolle, kam mit den Bahnen nicht zurecht, und wenn Du erst mal in eine solche Situation gerätst, dann läuft überhaupt nichts mehr zusammen, und so warf er Pumpe um Pumpe und ging schließlich mit etwa siebzig Miesen von der Bahn, so etwas Blamables hatte er noch nie erlebt, und das grad' bei den Deutschen Meisterschaften in Berlin, naja, das war der Anfang vom Ende damals, davon hat er sich nicht wieder erholt, er kegelte auch weiterhin unter seiner Form und flog sogar aus der Mannschaft, jaja, Lüder war enorm aktiv, nicht nur sportlich, er malte, er schrieb, er machte Musik, jaja, einmal hat er auch eine Ausstellung arrangiert, in der Stadtbücherei, wo er ja bekannt war, das heißt, er selber hat es nicht getan, er wurde vom Leiter der Bücherei angesprochen, denn der kannte Lüder, der kannte uns alle eigentlich, denn die Bücherei war ja beliebter Treffpunkt, und Billi, wie wir ihn nannten, Billi war beliebt bei uns, auch wenn er angeblich ein Nazi-Schwein gewesen sein soll, so wurde uns immer wieder gesagt, wahrscheinlich hatte er auch Dreck am Stecken, aber das kümmerte uns nicht, nein wirklich, auch wenn sie damals alle auf die Straße gingen und demonstrierten, die Achtundsechziger, und ihre Väter fragten, was sie getrieben hätten in all den Jahren, uns kümmerte das nicht, Billi war und blieb beliebt, auch wenn er eine dunkle Vergangenheit gehabt haben sollte, zu uns jedenfalls war er immer anständig, weshalb sollten wir ihm an die Gurgel, ja, die Gnade der späten Geburt, ganz richtig, sollten wir über Billi richten, sollten wir über eine Zeit richten, die wir nur vom Hörensagen kannten, Lüder, Du meinst, von Lüder hätte man das erwarten müssen, weil er so konsequent war, nein, Lüder hat sich an der Diskussion nicht beteiligt, Lüder hat immer gewarnt, wie wir uns denn verhalten hätten, wenn wir in dieser Zeit hätten leben müssen, ob wir das wüßten, wie wir uns verhalten hätten, sich hinstellen und anklagen, sei sehr einfach, hat Lüder gesagt, aber hätten wir alle, die wir versucht gewesen seien anzuklagen, hätten wir den Mut gehabt, zum Widerstand, hätten wir das, darüber zu reden und ihn zu fordern, sei eine Sache, ihn zu zeigen eine ganz andere, sagte Lüder, und die Menschen seien nicht alle gleich, manche seien mutiger, charakterstärker als andere, manche hätten Rückgrat, manche nicht, ja, richtig, die Diskussion kam ja in ähnlicher Form wieder, nach der Wiedervereinigung, oder Einheit, ganz wie Du willst, da kam die Diskussion wieder, mit der Stasi-Vergangenheit, den Stasi-Akten, genau, und das ist noch längst nicht überwunden, das geht noch weiter, da steht uns noch einiges bevor, da wird noch einiges hochkommen, und ob wir diese ganze DDR-Vergangenheit jemals bewältigen, ob wir das je schaffen, da hab' ich meine Zweifel, aber man kann doch nicht so tun, als sei nichts gewesen, ach weißt Du, wenn Du mich fragst, was unser früherer Kanzler da gemacht hat, zur Zurückhaltung gemahnt, das war doch scheinheilig, wer hat sich denn immer hingestellt und für das ganze deutsche Volk gesprochen, wer hat denn immer darauf gepocht, daß der andere Teil dort drüben auch zu Deutschland gehört, Gesamtvertretungsanspruch, genau, wer hat denn den erhoben, das sind doch wir im Westen gewesen, und jetzt, wo wir wieder zusammen sind, sollen die da drüben allein zurechtkommen, sollen die ganz allein damit fertig werden, das ist doch auch unsere Angelegenheit, da wurde doch gekniffen, wenn Du mich fragst, da wurde doch ganz gewaltig gekniffen, ja, von wegen, von wegen Gnade der späten Geburt, die Gnade der späten Geburt zählt in dieser Angelegenheit nicht, ich sag' Dir was, die wollen nicht, die wollen nicht, weil sie auch Dreck am Stecken haben, weil sie fürchten, daß man ihnen auch was anhängen könnte, na, was weiß ich, unsere Politiker sind es doch gewesen, die die DDR gestützt haben, subventioniert haben sie sie, um deren Gunst gebuhlt haben sie, jahrelang, selbst Franz-Josef, und der frühere Kanzler, der selbst jahrelang nichts dagegen hatte, daß Akten veröffentlicht werden, der klagt jetzt, weil er seine eigene Akte unter Verschluß halten will, und kriegt auch noch Recht, also, da wird doch mit zweierlei Maß gemessen, und überhaupt, wo sind eigentlich die ganzen Achtundsechziger, die damals auf der Straße gewesen sind, wo sind die eigentlich heute, nichts als schöne Reden haben sie geschwungen, damals, gefordert und gerichtet, ihre Väter verurteilt, den Sozialismus als das gerechtere System und die DDR als den besseren deutschen Staat hingestellt, und heute, heute bleiben sie stumm, hast Du schon einen der Achtundsechziger gehört, der sich öffentlich zu seiner Vergangenheit bekannte, hast Du nur einen von ihnen gehört, hast Du das, ja, der Joschka Fischer jetzt, aber sonst, macht nämlich auch keiner, zu ihren Irrtümern bekennen die sich nicht, aber von denen da drüben wird's verlangt, die sollen öffentlich zu ihren Irrtümern stehen, die sollen auch noch demütig auf die Knie fallen und bereuen, und wenn es tatsächlich jemand tut, wenn sich tatsächlich jemand bekennt zu seiner Vergangenheit, wie der Fischer jetzt, dann glaubt man ihm nicht, dann nimmt man ihm nicht ab, daß er sich geändert hat, verlogen ist das doch alles, verlogen, so haben wir uns die Wiedervereinigung ja nun auch nicht vorgestellt, wir tun ja grad so, als ob wir die besseren Deutschen seien, jaja, hat Lüder auch gesagt, es komme doch darauf an, zu verstehen, verstehen müsse man erst mal, was da überhaupt vorgegangen ist, sagte Lüder, es komme sehr darauf

116

an, Augenmaß zu zeigen, ja, er bezweifelte das auch, das sei etwas, was die Deutschen nicht könnten, Augenmaß zu zeigen, die Geschichte lehre das, sagte Lüder, man müsse sich doch nur mal anschauen, wie sich unsere Politiker im Jugoslawien-Konflikt verhalten hätten, im Golfkrieg hätten sich die Deutschen weise rausgehalten, aller internationalen Kritik standgehalten, in den jugoslawischen Bürgerkrieg haben sie sich eingemischt, jawohl eingemischt, auf eine Weise, die alles andere in den Schatten stelle, kein anderer Staat auf der Welt sei so weit gegangen wie Deutschland, das sei gerade so, als hätten sie einen Golfkrieg-Komplex, sagte Lüder, scharenweise seien die Leute auf die Straßen gegangen, um gegen den Golfkrieg zu demonstrieren, und alle Welt hätte sich die Augen gerieben, was nur mit den Deutschen los sei, selbst der eigene Staat hätte seine eigenen Bürger nicht mehr verstanden, gegen den Bürgerkrieg in Jugoslawien gehe merkwürdigerweise niemand auf die Straße, die Regierung mische sich dafür aber um so mehr ein, wolle wohl die neugewonnene Größe demonstrieren, die im Golfkrieg vermißt worden sei, und erst beim Angriff auf Serbien, die Deutschen standen Seite an Seite mit den Amerikanern und gehörten zu den vehementesten Kriegsverfechtern, den Deutschen sei mal wieder das Maß, das richtige Maß, abhanden gekommen, sagte Lüder, das kenne man ja, das sei ja so eine typisch deutsche Eigenschaft, das rechte Maß nicht zu treffen, deshalb seien sie aller Welt ja auch so unheimlich, die Deutschen, nein, nein, für uns gab's damals gar keinen Grund, dem Billi übel zu wollen, er war zu uns immer freundlich und hilfsbereit, und er wußte viel, naja, manchmal tobte er auch, weil wir rumalberten, anstatt in der Ecke still zu lesen, aber dann tobte er zurecht, also Billi fragte Lüder eines Tages, ob er nicht auch mal seine Bilder ausstellen wolle, denn Billi hatte immer Ausstellungen in seiner Bücherei, und Lüder war ganz platt, denn an so was hatte er gar nicht gedacht, und wollte eigentlich auch nicht dran denken, denn er malte, weil es ihm Spaß machte, nicht, weil er es anderen zeigen wollte, aber er gab Billi seine Bilder, wenn er, Billi, meine, das Zeugs könne man aufhängen und vorzeigen, dann seinetwegen, sagte Lüder, und er gab Billi seine Bilder, für die Ausstellung selbst interessierte er sich nicht, und als er seine Bilder nach einem Monat wieder abholte, hat er gar nicht gefragt, wie sie angekommen seien, das interessierte Lüder überhaupt nicht, es war ihm völlig gleichgültig, ob seine Bilder da hingen oder nicht, er hatte sie nur aufhängen lassen, um Billi nicht vor den Kopf zu stoßen, weil er dachte, er tue ihm einen Gefallen, ja, so war der Lüder, und anschließend hat er die Bilder weggeschmissen, ja, wirklich, nun habe jeder seine Bilder sehen können, nun könnten sie weg, sagte Lüder, er hat viel weggeschmissen, auch später, immer wieder hat er Bilder vernichtet, bis auf zwei Federzeichnungen aus ganz frühen Zeiten, da war er wohl zwölf oder dreizehn, die hat er behalten, durch all' die Jahre, bis zu seinem Tod, eigentlich nichts Besonderes, es sind Häuserzeilen, eine Hochhauslandschaft mit einer Brücke im Vordergrund, nein, nichts Bestimmtes, anonym, sicher, könnte New York sein, aber es gibt auf dem Bild keinen Hinweis, daß es New York ist, und eine Straßenszene mit älteren Häusern, so, wie man sie bei uns kennt, Personen, nein, Personen sind nicht drauf, nur Häuser, Lüder malte nie Personen, weiß auch nicht, warum, wenn er fotografierte, er tat es selten, aber wenn er es tat, wartete er auch meist, bis keine Personen auf seinem Motiv mehr waren, Personen auf Fotos haßte er, wie er es auch haßte, selbst fotografiert zu werden, er vermied es, wo immer es ging, auf Fotos zu kommen, in seinen journalistischen Zeiten war das ein großes Problem, er mußte mit Fotos umgehen, die Menschen zeigten, das war für ihn etwas völlig Neues, das war er bisher nie gewohnt, und mit Urteilen über Fotos hielt er sich auch immer sehr zurück, aber in den Pressekonferenzen und in den Betriebsbesichtigungen, da wurde ja oft geknipst, und da hat er dann immer alle möglichen Verrenkungen machen müssen, nicht aufs Bild zu kommen, wandte sich ab oder schaute weg, senkte den Blick oder hielt sich auch mal ein Blatt vors Gesicht, ja, die Kollegen haben das nie verstanden, hat ihn eigentlich keiner so recht verstanden, zumal er ja nicht sagte, warum er nicht fotografiert werden wolle, und wenn man ihn aufforderte, doch aufs Bild zu kommen, blieb er meist lächelnd abseits und sagte nur, er wolle nicht, ja, der Lüder war schon eine sonderbare Marke, was ist schon dabei, sich fotografieren zu lassen, gelt, daran ist noch keiner gestorben, sag' ich auch, ein Journalist, der keine Fotos von Personen mag und selbst nicht fotografiert werden will, ist das überhaupt ein Journalist, im Grunde war Lüder auch kein Journalist, nein, war er nicht, er war, ja, was war er eigentlich, ein Produkt der Sechziger war er, die Sechziger haben ihn geprägt, die Sechziger haben ihn verdorben, so könnte man es vielleicht sagen, er sei kein Fotograf, sagte er gern, er knipse nicht, er schreibe, ja, eine zwiespältige Haltung, das ist, wie wenn ein Maurer sagte, er mauere gern, aber den Mörtel rühre er nicht an, er sei Maurer, kein Mörtelanrührer, ja, glaubst Du denn im Ernst, die Leute würden Zeitungen ohne Fotos kaufen, glaubst Du wirklich, die *Bild*-Zeitung würde dann auch nur ein Exemplar los, neenee, genau wie eine Mauer ohne Mörtel nicht hält, so wird ein Text ohne Fotos nicht gelesen, glaub' mir, ich verkauf' die Zeitungen, ich weiß, was die Leute wollen, das ist nicht vergleichbar, ein Buch zu lesen ist Arbeit, die Zeitung aber wollen die Leute nebenher konsumieren, im Vorbeigehen, und da sagt ein Bild oft mehr als jeder Text, vor allem schneller, es sagt es schneller, nee Du, wenn Zeitungslektüre noch zu Arbeit ausarten würde, da würde keine *Bild*-Zeitung mehr verkauft, naja, Lüder hat dann auch privat aufgehört zu fotografieren, aber geschrieben hat er immer gern, er hat auch gern über Leute geschrieben, also gewissermaßen mit Worten abgebildet, nicht mit der Kamera, wenn Du verstehst, was ich meine, und seltsamerweise hat er von seinem Geschreibsel nie etwas weggeworfen, man hat ja auch nach seinem Tod jede Menge Manuskripte in seinem Zimmer gefunden, das Wort, das geschriebene, war ihm heilig, im Gegensatz zu seiner Malerei, nein, er wollte nie Journalist werden, also, das feste Ziel, Journalist zu werden hatte er nicht, Architekt wollte er werden, sagte ich, glaub' ich, schon mal, aber die Vorstellung, später einmal Journalist zu sein, hat ihm durchaus zugesagt, ich meine, er wollte es nicht unbedingt werden, aber er hatte wohl auch nichts dagegen, es einmal zu sein, also direkt betrieben hat er es nie, und in der Schülerzeitung damals, bei *Delta*, da hat er auch nur deshalb mitgemacht, weil sie jemanden zur Illustration brauchten, und Lüder machte das, er gestaltete ganze Seiten, ganze Seitenfolgen, und vor allem die Anzeigen, irgendwie mußte die Zeitung ja auch finanziert werden, vom Kaufpreis allein ging das nicht, deshalb mußten Anzeigen her, und so ging Lüder durch die ganze Stadt, klapperte alle Geschäfte ab und bat die Inhaber um Aufträge, er muß das wohl sehr geschickt gemacht haben, denn er kriegte in kurzer Zeit eine Menge Anzeigen zusammen, sicher, viele der Kunden waren Eltern der Schulkameraden, wir waren doch die Nachkriegsjahrgänge damals, alle die, die nach dem Krieg wieder begannen, sich etwas aufzubauen, hatten doch Kinder, die in unserem Alter waren, und die sollten alle etwas werden, deshalb wurden sie aufs Gymnasium geschickt, wir waren doch stadtbekannt damals, der Lüder auch, aber trotzdem, die Aufträge hätte er nicht gekriegt, wenn er nicht auch originelle Ideen gehabt hätte, und Lüder lockte sie immer mit drei Entwürfen, aus denen sie einen auswählen durften, das war seine Masche, das zog, denn damit gab er den Kunden das Gefühl, daß sie das letzte Wort hatten, und das kam an, obwohl der Lüder sie natürlich lenkte, das war ein Scheinangebot, was er ihnen vorlegte, allerdings ein wirkungsvolles, denn Lüder fertigte seine Entwürfe immer so an, daß letztlich nur eine einzige Entscheidung fallen konnte, zwei flüchtige Entwürfe und ein guter gründlicher, damit kriegte Lüder immer das Ergebnis, das er wollte, nur einmal sind alle seine drei Entwürfe durchgefallen, da mußte er noch einmal drei Entwürfe anfertigen, na, und nach Erscheinen des ersten Heftes, da war die Geschäftswelt tatsächlich begeistert, fasziniert, Lüder brauchte kaum noch selbst zu akquirieren, die Geschäftsleute kamen zu ihm, wollten eine Anzeige von ihm entworfen haben, von ihm, ganz richtig, denn Lüder hatte originelle Anzeigen gestaltet, also für eine Fahrschule, bei der er auch seinen Führerschein gemacht hatte, malte er eine Autotür, groß und wuchtig, und textete dazu *Diese Autotür und noch vieles andere klappen in der Fahrschule,* und dann kam der Name, Menk oder Menke hieß sie, glaub' ich, der Spruch kam an, sag' ich Dir, der hat der Fahrschule einen ganzen Schwung neuer Schüler gebracht, Jungen wie Mädchen, oder für eine Buchhandlung nahm er ein Konterfei von Kiesinger, damals Kanzler, wie Du vielleicht weißt, und textete *Er kennt die Welt, er kauft in der Buchhandlung,* und dann kam wieder der Name, und wir kauften damals alle in der Buchhandlung Feitz, gegenüber der Post, ja, der alte Feitz war ein toller Kerl, wirklich, aber er hat dann bald seine Buchhandlung verkauft, ja, er hatte 'nen Lottogewinn, nein, ganz im Ernst, der hatte 'ne Million oder so gewonnen und damit für den Rest des Lebens ausgesorgt, also was sollte er da noch mit seiner Buchhandlung, Lüder hätte sie gewiß gern übernommen, aber er war damals nicht mehr in der Stadt und wußte nichts vom Lottogewinn, ja, der Laden wär' was für ihn gewesen, Tag und Nacht von Büchern umgeben, wenn er das nur gewußt hätte, sagte er zu mir noch im letzten Sommer, ja, hab' ich ihm auch gesagt, Lüder, hab' ich gesagt, was jammerst Du alten Zeiten hinterher, wenn Du wirklich einen Buchladen gewollt hättest, hättest Du längst einen haben können, ist doch so oder, er hätte sich nur drum kümmern müssen, und was antwortet mir der Kerl, na, was wohl, es habe für ihn nur einen Buchladen gegeben, den er hätte haben wollen, und zwar den vom alten Feitz, der Lüder war schon eine sonderbare Marke, naja, und für unsere Stammkneipe damals, *Alt Bürgerliches Brauhaus,* in der wir nach der Schule immer unser Bier tranken, *Jever,* ganz recht, da zeichnete er eine surreale Landschaft mit einem kleinen durstigen Wanderer, der, quasi als Fata Morgana, ein großes überdimensionales Glas Bier am Firmament sieht und daraufhin die Melodie *Oh Du min Hannemann* vor sich hinträllerte, das ist ein bekanntes plattdeutsches Lied, kennst Du nicht, dann fällt bei Dir auch nicht der Groschen, also der Gag an der ganzen Sache ist, daß der Inhaber der Kneipe Hannemann hieß, das war das beste, was Lüder damals hinkriegte, das ging rum in der Stadt, sag' ich Dir, und der Hannemann kriegte seine Kneipe noch voller als sie ohnehin schon war, ehrlich, aber Lüder erntete nicht nur Beifall, er provozierte auch, für das Schuhgeschäft Hauber überredete er ein Mädchen vom Mädchengymnasium, sich mit dem Oberkörper auf den Kühler zu beugen, so daß ihr Minirock etwas höher als üblich rutschte und viel Bein zeigte, dazu textete er *Die Beine Ihres Autos überlassen Sie besser Ihrem Reifenhändler, für Ihre Beine Schuhe von Hauber*, gab das einen Aufschrei bei den Eltern, insbesondere bei den Müttern, jaja, das war die Doppelmoral jener Zeit, die Kinos waren voller *Schulmädchenreport,* und was sonst noch, aber wenn das Töchterchen aus gutbeschütztem Hause zu viel Bein zeigte, und das noch öffentlich, gab's Arrest, oder was weiß ich, klar, Doppelmoral existiert heute auch noch, daran hat sich nichts geändert, damals wie heut', im Grunde genommen ging das ganze auf eine Idee von Charly Hauber selbst zurück, das war der Sohn, der sang gelegentlich in unserer Band und kannte Lüder gut, also der Anstoß kam von ihm, Lüder spann die Idee weiter, und schließlich war es sogar Charly Hauber selbst, der das Foto anfertigte, das haben wir aber nicht weiter an die große Glocke gehängt, um dem Charly Ärger mit seinen Eltern zu ersparen, für alle Außenstehenden war Lüder der Urheber der Idee, zumal sie ja auch sehr gut von ihm hätte stammen können, na, und dann brachte Lüder die gesamte Kirche gegen sich auf, da hatte er für einen Text über den Kirchenaustritt, den sein Klassenkamerad geschrieben hatte, ja, der mit den Kriminalromanen, wieder so eine utopische Landschaft gezeichnet, mit einem riesigen seitenhohen Kreuz im Vordergrund, und in dieses Kreuz hat er in kleinen Versalien den Text geschrieben, handschriftlich, in schwarzer Tusche, und oben drüber stand in dicken Lettern *KIrcheNaustRItt* und, jetzt kommt der Clou, der Stein des Anstoßes, vier Buchstaben davon waren schwarz hervorgehoben, und die ergaben hintereinander das Wort *INRI*, puh, die Kirche tobte, denn der Text war ein offener Aufruf zum Kirchenaustritt, der sozusagen von Lüder ans Kreuz genagelt wurde, wie etwa Luthers Thesen, wie bitte, was *INRI* ist, puh, frag' mich was leichteres, also wenn mich meine Lateinkenntnisse nicht täuschen, ja, ich hab' das große Latinum, wirklich, da staunst Du, was, traut man kleinen Kioskbesitzern nicht zu, daß sie das große Latinum haben, was, also, wenn mich meine Lateinkenntnisse nicht täuschen, ist *INRI* die Abkürzung für den Namen Jesu, Jesus von Nazareth, König der Juden, frag' mich jetzt aber nicht, wie das auf Latein heißt, also vermutlich steht das I für Jesus, das N für Nazareth, das R für Rex natürlich und das I am Ende für Jude, jaja, das war schon provokant, aber Lüder fiel aus allen Wolken, er war sich keiner Schuld bewußt, er hatte gar nicht die Absicht gehabt, zu provozieren, er hatte nur seinen Ideen freien Lauf gelassen, und das war das Ergebnis, wie das nun ankam, wie das wirkte, das war Lüder schnurzpiepegal, na, und so hat Lüder drei schöne Hefte gestaltet, danach ging die Zeitung ein, wir hatten unser Abitur, und Nachahmer gab's nicht, niemand wollte die Zeitung weiterführen, hätte es wohl auch nicht so gut gekonnt, na, und dann war's aus, ja, kannst Du wirklich laut sagen, der Lüder war kreativ, durch und durch, er ließ gern seinen Gedanken freien Lauf, begierig harrend, was dabei herauskäme, ließ sich ungern festlegen, er dachte auch gern in Gegensätzen, früher jedenfalls, Kopfstand nannte er das, also immer bewußt das Gegenteil von dem denken, was man zu denken gewohnt war, sicher, ganz schön mühsam, aber Lüder meinte, damit könne man eine gewisse

Trägheit des Denkens vermeiden, vermeiden, in eingefahrenen Bahnen zu denken, ja, wart' mal, kommt noch toller, nehmen wir mal das Wort normal beispielsweise, Lüder meinte, was sei schon normal, was heiße das schon, jeder benutze das Wort und sei sich gar nicht bewußt, wie schrecklich es sei, es sei schrecklich, weil man alles andere damit vernichte, indem man etwas als normal bezeichne, stemple man alles andere als unnormal ab, und vor Unnormalem, da hätten die Leute ganz einfach Angst, davor bestehe unbewußt eine Barriere, das würden die Leute nicht mögen, und das könne man auch ganz bewußt einsetzen, wenn man etwas diffamieren wolle, müsse man nur etwas als normal erklären, das das, was man diffamieren wolle, als unnormal ausschließe, na, und mit dem Kopfstand, meinte Lüder, könne man ein Gefühl dafür erhalten, daß es im Grunde weder Normales noch Unnormales gebe, sondern daß man alles von unterschiedlichen Blickwinkeln betrachten könne, ganz schön kompliziert, was, sag' ich auch, letztlich weiß man gar nicht mehr, woran man ist, was richtig und was falsch ist, wenn es nichts Normales und Unnormales mehr geben soll, ich meine, man kann ganz einfach auch zuviel denken und weiß dann zum Schluß gar nicht mehr, was man eigentlich denken soll, ja, man kommt ganz durcheinander, weiß gar nicht, woran man sich halten soll, ich sag' Dir was, solange es diese Welt gibt, solange gibt es Normales und Unnormales, und wenn der Mensch nicht mehr unterscheiden kann, was normal und unnormal ist, ja, dann ist er doch wohl verloren, der Mensch braucht ganz einfach etwas, woran er sich festhalten kann, oder, das ist doch normal, oder, Lüder kam mir gleich wieder mit der Wiedervereinigung, im Sommer, bei unserer Wanderung, als wir mal wieder drüber sprachen, ich solle doch nur mal an die Ossis denken, nicht, daß die sich doch umstellen mußten, als wir sie geschluckt hatten, das hielten wir doch für normal, nicht, da hätten wir doch nur ein Achselzucken für übrig, nicht, deshalb solle ich mir mal vorstellen, was gewesen wäre, wenn es genau umgekehrt gelaufen wäre, wenn die uns geschluckt hätten und wir uns denen hätten anpassen müssen, hab' ich auch gesagt, nicht im Traum werde mir das einfallen, nicht im Traum, es sei auch gar nicht einfach, sich das vorzustellen, hab' ich gesagt, aber so gehe es den Ossis doch auch, sagte Lüder, wenn ich wirklich nachempfinden wolle, wie den Ossis zumute sei, brauche ich nur einmal den Kopfstand zu machen, das helfe, sagte Lüder, da könne ich sie viel besser verstehen, die Ossis, tja, er dachte halt so, er dachte früher noch viel mehr in Gegensätzen, erst das Gegenteil von dem, was man annehme, vermittle einem das Gefühl des richtigen Maßes, behauptete er mal, naja, Lüder meinte, also, auf einen Nenner gebracht, erst wer Unglück kenne, wisse, was Glück bedeute, erst, wer eine schwere Krankheit überstehe, wisse zu schätzen, was Gesundheit bedeute, wer keinen Hunger kenne, wisse nicht, was Sattessen bedeute, wer niemals unzufrieden gewesen sei, wisse gar nicht, was Zufriedenheit sei, das kannst Du ja beliebig fortsetzen, und er hielt es für notwendig, daß man diese Gegensätze auch durchlebe, denn erst daraus entstehe Kraft und Energie, also, er sagte, ein permanenter Zustand der Zufriedenheit sei nicht gut, der mache träge, satt und krank, ein vorübergehender Zustand der Zufriedenheit schaffe Abstand, Erholung und somit Kraft für Neues, ein permanter Zustand der Unzufriedenheit mache ebenfalls krank, sei wahrscheinlich sogar tödlich, ein vorübergehender Zustand der Unzufriedenheit schaffe Luft, setze Energien frei, die, richtig genutzt, Neues entstehen ließen, ich kann mit diesen Verrenkungen auch wenig anfangen, ich für mein Teil bin zufrieden, ich hab' alles, was ich brauch', mir geht's gut, aber Lüder war halt anders, weißt Du übrigens, daß er während des Studiums oft an den Wochenenden Rettungseinsätze für das *Rote Kreuz* gefahren ist, ja, einfach so, nicht regelmäßig, aber hin und wieder, wenn Not am Mann war, hab' ich Lüder auch gefragt, warum er das mache, wozu er seine Freizeit opfere, aber Lüder sagte, das sei kein Opfer, er brauche das, wenn er all das Leid sehe, wenn er

sehe, wie dreckig es manchen Menschen nach so einem Auto-
unfall gehe, das bringe ihn wieder auf den Boden zurück,
dann erhalte er wieder das Gefühl dafür, wie gut er es doch
habe, im Gegensatz zu anderen, tja, freiwillig würde ich das
auch nicht machen, offen gestanden, mir würde schlecht, bei
all dem Blut und Elend, da kriegten mich keine zehn Pferde
zu, ich weiß auch so, daß es mir gut geht, da muß ich mir
nicht erst Verletzte und Kranke anschauen, aber Lüder war
halt ein unruhiger Geist, launisch, unbeständig, von Stimmungen abhängig, zur Ruhe setzen konnte der sich nicht, etwas
wie Kontinuität gab es für den Lüder nicht, daß sich etwas stetig weiterentwickle, das war für Lüder schwer vorstellbar, auf
der Uni hörte er ja auch mal bei den Volkswirten rein, machen
ja alle Juristen, jedenfalls damals, ob heute noch, weiß ich
nicht, und die Volkswirte, die haben ja so viele schöne Theo-
rien, nicht, die basteln ja zu allem und jedem gleich eine Theorie, also den Lüder hat es geschüttelt, die Volkswirte seien
doch nur bessere Laienprediger, hat er gesagt, die gingen doch
von ganz falschen Voraussetzungen aus, unterstellten bei jeder
Theorie rationales Handeln, dabei sei doch die Welt alles andere als rational, schon gar nicht dort, wo Menschen miteinander umgingen, der Umgang von Menschen sei von Irratio-
nalität geprägt, sagte Lüder, auch in der Wirtschaft, aber es sei
natürlich völlig klar, daß die Volkswirte von rationalem Handeln ausgehen müßten, das sei die einzige Rechtfertigung für
ihre Wissenschaft, diese Annahme mache nämlich erst wirt-
schaftliche Vorgänge berechenbar, ohne diese Annahme aber
könne die gesamte Nationalökonomie einpacken, da fehle ihr
jede Existenzgrundlage, Volkswirte dürften deshalb gar nicht
auf die Menschheit losgelassen werden, meinte Lüder, besonders schlimm fand er diese Theorie vom stetigen, gleichmäßi-
gen, ja sogar vom gleichgewichtigen Wachstum, eine Volkswirtschaft müsse sich stets im Gleichgewicht befinden und
stetig wachsen, das schaffe Sicherheit und Wohlstand, für Lüder war das auch keine Theorie, für ihn war es reines Wunsch-

denken, eine Vision, und selbst wenn es eine Theorie sei, sagte Lüder, möchte er in solch einer langweiligen Welt nicht leben, ja, schon die Vorstellung eines dauerhaften Wohlstandes erschrecke ihn, wohin dauerhafter Wohlstand führe, hätte man schon bei den Römern nachlesen können, Du sagst es, das ist doch ein Naturbedürfnis der Menschen, es ist doch ganz normal, wenn sich die Menschen nach Wohlstand sehnen, oder, Wohlstand schafft schließlich Sicherheit und Ordnung, oder, ist es nicht so, ich sag' Dir was, diesen Volkswirten muß man eigentlich dankbar sein, wenn sie für so was eine Theorie entwickeln, wenn sie wissen, wie man Wohlstand erzeugt, na, und wenn man unsere Republik anschaut, das kann sich doch sehen lassen, was wir da in den vergangenen fünfzig Jahren geschaffen haben, oder, das kann sich doch sehen lassen, das setzt man doch nicht einfach aufs Spiel, nur, weil man es langweilig findet, daß es immer weitergeht, die ganze Welt beneidet uns, und jetzt, da der Neuaufbau im Osten im Gange ist, da sie da überall die Marktwirtschaft einführen wollen, da nimmt man sich uns als Muster, als Vorbild, die haben ein ganz klares Ziel, diese Länder, sie wollen Wohlstand, den Wohlstand, den wir erreicht haben, was meinst Du, was wir zu hören kriegten, wenn wir denen sagten, wie langweilig der Wohlstand sei, unser Wohlstand, wenn wir denen das sagten, die würden uns doch für verrückt erklären, ist es nicht so, hab' ich nicht Recht, naja, Lüder hat abgewunken damals, hat gesagt, so wolle er nicht verstanden werden, daß er gegen jeden Wohlstand sei, er denke aber nun mal anders, er sehe nicht nur unseren Wohlstand, er sehe auch Elend, und er wolle es vor allem auch sehen, denn in unserer Wohlstandsgesellschaft werde das meist nicht mehr gesehen, man wolle es vor allem auch nicht mehr sehen, die Menschen beschäftigten sich zu sehr mit sich selbst, sagte Lüder, wollten immer mehr erreichen, obwohl sie schon fast alles hätten, klar, ich hab' Lüder gesagt, das sei doch ihr gutes Recht, so zu leben, sie leisteten ja auch eine Menge, also hätten sie doch auch das Recht, sich etwas zu gönnen, hab' ich gesagt, doch Lüder sagte, wer immer nur daran denke, wie er noch mehr erreichen könne, verliere das rechte Augenmaß, er jedenfalls könne so nicht leben, und er wolle so auch nicht leben, er gehe sein Leben anders an, bemühe sich, nicht auf ein bestimmtes Ergebnis hinzuwirken, es falle ihm schwer, zielgerichtet zu arbeiten, er liebe es nun mal, etwas zu machen, ohne Sinn und Zweck, und er liebe es, zuzuschauen, was da entstehe, und wie es entstehe, so habe er bisher fast immer gehandelt, bei seinen Bildern, bei seinen Texten, seiner Musik, das sei nun mal die Art, wie er die Dinge angehe, sein ganzes Leben gehe er so an, und jetzt halt' Dich fest, Lüder sagte, das Leben sei ein offener Prozeß, ja, wirklich, offener Prozeß, niemand wisse, wohin er führe, auch er, Lüder, nicht, natürlich habe er sich schon des öfteren nach dem Sinn des Lebens gefragt, aber bisher keinen entdeckt, und wenn er ehrlich sein solle, dann wolle er es auch nicht wissen, es sei vollkommen klar, daß das Leben auf den Tod hin zulaufe, aus diesem Gegensatz gewinne das Leben ja erst seine eigentliche Kraft, der Antrieb des Lebens resultiere aus dem Bewußtsein der Endlichkeit, sagte Lüder, auch wenn jeder wisse, daß das Leben auf den Tod hin zusteuere, so sei dennoch unbekannt, welchen Weg es dorthin nehme, das eben sei offen, sagte Lüder, das ergebe sich aus dem täglichen Kampf der Gegensätze, natürlich, ich hab' den Lüder gefragt, ob er denn kein Lebensziel habe, er hat mich aber nur verständnislos angesehen, Lebensziel, hat er gefragt, was solle das sein, ein Lebensziel, naja, sagte ich, er müsse sich doch ein Ziel gesetzt haben, im Leben, wie er es sonst schaffe, zu leben, hab' ich ihn gefragt, wozu Ziele denn gut sein sollten, hat Lüder geantwortet, was sie denn nützten, sie schadeten doch eher, als daß sie nützten, sie begründeten nämlich eine Mechanik, sagte Lüder, sie schränkten ein und legten fest, weil sie eben anderes ausklammerten, wenn er sich Ziele setze, sagte Lüder, schaue er ja nur auf ihre Erreichbarkeit, eben, hab' ich gesagt, das sei ja der Sinn, sonst brauche man sich ja keine Ziele zu setzen, und Lüder sagte, genau das sei die Problematik, Ziele engten ein, wer sich ein Ziel setze und es zu erreichen versuche, unterlasse eben Vieles, das er ohne Zielsetzung tun würde, das Leben sei viel interessanter ohne Ziel, das Leben folge keiner Mechanik, das Leben sei vielfältig und diene mit Sicherheit nicht nur einem einzigen Zweck, so einfach sei das Leben nicht, wer das glaube, der rede sich etwas ein, der mache sich etwas vor, weil er glaube, die vermeintliche Zwecklosigkeit nicht ertragen zu können, die gesamte Religion fuße auf diesem Denken, sagte Lüder, denn es sei für die Menschen ungeheuer tröstlich, zu glauben, da oben säße einer und steuere alles, denn wenn der Mensch auch nicht begriffe, was auf Erden geschehe und warum es geschehe, so könnten sie sich immer einreden, der da oben werde es schon wissen, in Wirklichkeit aber sei das Humbug, es gebe niemanden, der das Leben steuere, das Leben steuere sich selbst, sagte Lüder, es sei ein sich selbst steuernder offener Prozeß, niemand vereine das gesamte Wissen die gesamten Fähigkeiten derart in sich, daß er jederzeit den vollen Überblick über die enorme Vielfalt des Lebens gewinnen könne, niemand, sagte Lüder, die Menschen hätten ganz einfach einen Ordnungskomplex, sie wollten ständig die Dinge ordnen und formen, gerade so, als ob sie fürchteten, ohne Ordnung breche alles zusammen, jeder Wissenschaftler, der eine Arbeit beginne, fange mit Ordnen des Materials an, mit einer Klassifizierung, und manchmal erschöpfe sich seine ganze wissenschaftliche Existenz allein darin, eine vorhandene Klassifizierung durch eine neue zu ersetzen, wer sage uns denn, daß die Welt, so, wie wir sie vorfänden, ungeordnet sei, nur, weil wir mit unserem begrenzten Wissen und mit unseren begrenzten Fähigkeiten die Ordnungsstruktur nicht erkennten, gäbe das uns denn das Recht, etwas, das wir als ungeordnet empfänden, ordnen zu wollen, keine Ordnung, bedeute noch lange nicht Unordnung, sagte Lüder, das Leben laufe nicht in so einfachen Mustern ab, wie wir sie gern hätten, wir müßten viel mehr Geduld aufbringen, sagte Lüder, öfter die Augen aufmachen und die Ohren öffnen und beobachten, was um uns herum geschehe, beobachten, meinte Lüder, nicht eingreifen, einen Sinn dafür entwickeln, daß Dinge aus sich selbst heraus entstehen, wachsen, und vergehen, und wir sollten uns freuen, daß sie entstehen und wie sie entstehen, ohne immer gleich einzugreifen in den Prozeß, wenn er nicht nach unseren Vorstellungen verlaufe, unser Ordnungskomplex, unser Effizienzdenken, das richte viel mehr Schaden an als wir ahnten, das Lebensrad folge keinem Ziel, es drehe sich auch nicht von selbst, es gebe auch niemanden, der allein imstande wäre, das Rad zu drehen, das Rad werde vielmehr von allen gemeinsam in Bewegung gehalten, wobei Tempo und Richtung offen seien, das sei aber weder Unordnung noch Chaos, sondern ein offener Prozeß, der sich selbst steuere, das mache das Leben ja gerade so interessant, daß man nicht schon vorher wisse, was am Ende unter dem Strich stehen werde, und das gelinge umso besser, je mehr man sich nicht durch Ziele einenge, ja, Du lachst, mir ist auch eher nach Lachen zumute, ja, stell' Dir mal vor, ich würde nicht jeden Morgen um sieben meinen Kiosk öffnen, sondern gerade so, wie es mir einfiele, stell' Dir mal vor, ich scherte mich 'nen Deubel um die Kunden, die morgens um sieben ihre Zeitung, ihre Zigaretten, ihren *Jägermeister* wollen, meinst Du, es fällt mir leicht, jeden Morgen so früh rumzukrabbeln, ich würd' mich auch lieber noch mal rumdrehen und 'ne Runde schlafen, neenee, Gerd, ich sag' Dir was, ich hab' ein klares Ziel, und das ist die Zufriedenheit meiner Kunden, dafür leb' ich, dafür setz' ich mich ein, und es freut mich wirklich, wenn sie zufrieden sind, denn dann bin ich auch zufrieden, so einfach ist das für mich, ich dreh' nicht an irgendwelchen Rädern, und ich beobachte auch keine offenen Prozesse, oder was auch immer, Du verstehst, was ich mein', meine Kunden sind das A und O, die Kunden zählen, und sonst nichts, denn von den Kunden leb' ich, und ich lebe umso besser, je zufriedener sie sind, naja, Lüder hat mich bedauert, das kannst Du Dir sicher vorstellen, ich stünde in totaler Abhängigkeit von meinem Kiosk und zu meinen Kunden, hat er gesagt, zu etwas anderem hätte ich keine Zeit, hab' ich ihn auch gefragt, was anderes er denn meine, für mich gebe es nichts anderes, der Kiosk sei mein Leben, ich hätte keine weiteren Erwartungen, stellte keine weiteren Ansprüche, mein Kiosk, meine Kunden, hin und wieder 'ne Flasche Bier vorm Fernseher abends, das ist's, Punktum, richtig, 'n *Jever*, wenn schon, denn schon, obwohl, es gibt natürlich auch andere gute Biere, *Bitburger, Krombacher, Veltins, König* oder ein *Fürstenberg*, nein generell mag ich süddeutsche Biere nicht so, sind mir zu süß, doch, die sind süß, aber ein *Fürstenberg Pils*, das trinke ich gern, kommt gleich nach *Jever, Warsteiner*, nee Du, geh' mit mit *Warsteiner*, mit *Warsteiner* kann ich mich nicht anfreunden, das schmeckt nicht, das ist fade, schal, hat eigentlich gar keinen Geschmack, finde ich jedenfalls, genau wie *Beck's*, mag ich auch nicht, das ist mir zu wässerig, ja, richtig, eigentlich mag ich ja die norddeutschen Biere gern, aber nicht das Beck's, auch nicht die Hamburger Biere, *Holsten, Astra*, und was es da so gibt, dann schon eher *Flensburger Pils*, kennst Du das, ausgezeichnet, ich war doch vor zwei Jahren, oder drei, da war ich mal auf Föhr, nicht, das ist eine dieser nordfriesischen Inseln, gleich bei Sylt da oben, nicht, und da tranken sie *Flensburger Pils*, das hab' ich echt gern getrunken, gutes Bier, *Flens* nennen die das da oben, einfach nur *Flens*, brauchst nur *Flens* zu bestellen, dann läuft die Sache, aber sonst, also die Hannoveraner Biere, *Wülfeler*, wenn's das noch gibt, oder *Gilde, Herrnhäuser*, die kannste auch vergessen, auch die Braunschweiger, wobei das *Wolters* noch 'ne Ecke besser ist als *Feldschlösschen*, 'ne ganze Ecke sogar, und *Einbecker*, das ist auch 'n gutes Bier, exzellent, mag ich auch sehr, oder *Herforder Pils*, kennst Du das, ist auch ein feines Bier, nee, Kölsch mag ich nicht, dann schon eher die Alt-Biere, obwohl, da gibt's ja auch große Unterschiede, *Diebels*, nein eigentlich nicht so gern, auch nicht *Hannen* oder *Schlösser*, aber *Fran-*

kenheim, das hab' ich sehr gern getrunken, in den zwei Jahren, in denen ich in Düsseldorf lebte, *Frankenheim Alt* ist kräftig und herb, das schmeckt mir, oder das *Uerige*, kennst Du auch nicht, also das *Uerige* ist in Düsseldorf 'ne Institution, das ist 'ne kleine Hausbrauerei in der Altstadt, gleich am Rhein, und da ist es immer proppenvoll, da schenken sie das Bier noch aus Holzfässern aus, und die rollen sie durchs Lokal bis zur Theke, und dann kommen zwei Köbesse, so heißen die Kellner da, und die heben dann das Holzfaß schwungvoll auf die Theke, ja, das machen die mit Leichtigkeit, das sind alles stramme Jungs, die Köbesse, und dann wird das Faß angestochen, und das Bier, also das *Uerige*, das schmeckt, sag' ich Dir, das schmeckt traumhaft, aber sonst frag' ich nach Alt eigentlich nicht so viel nach, lieber Pils, aber das schmeckt hier im Süden ja nicht so, ist eher säuerlich als bitter, nicht, die Stuttgarter Biere sind grauenhaft, und die anderen aus unserem Land ebenso, *Alpirsbacher, Haigerlocher, Gold-Ochsen, Zwiefalter, Ganter, Riegeler* und was weiß ich, was es da noch alles gibt, auch die Münchener Biere sind nicht mein Fall, naja, 'n *Paulaner* veracht' nicht gerade oder ein *Spaten*, aber ich würd' mich nun auch nicht grad' drum reißen, wenn Du verstehst, was ich meine, ja, die Ossis haben auch gute Biere, kann man nichts gegen sagen, *Hasseröder* zum Beispiel, *Wernesgrüner* oder *Radeberger*, das *Radeberger* trink' ich auch gern, sehr gern sogar, oder diese Schwarzbiere, die die haben, die sind sehr lecker, *Köstritzer*, genau, oder *Eibauer*, sagt Dir das was, *Eibauer* ist noch besser als *Köstritzer*, stark und süffig, noch nie gehört, kommt aus Eibau, das ist 'n kleines Kaff da hinten bei Zittau, an der tschechischen Grenze, also, wenn Du mal in die Gelegenheit kommen solltest, *Eibauer* zu trinken, wirklich, kann ich Dir empfehlen, ja natürlich, die tschechischen Biere sind auch erstklassig, obwohl ich selbst nur *Pilsner Urquell* und *Budweiser Budvar* kenne, aber die trinke ich beide gern, dazu 'n *Becherovka*, oder zwei, nee, sonst frag' ich nach ausländischen Bieren nicht viel nach, die skandinavischen kannste eh vergessen, da kannste gleich Wasser trinken, die dänischen auch, nein *Tuborg* schmeckt mir nicht, und *Carlsberg* auch nicht, die englischen schmecken nicht, *Bass* oder *Carling*, die amerikanischen nicht, ach, geh' mir mit *Budweiser*, das ist 'ne grauenhafte Plürre, und diese *Miller*-Biere aus Milwaukee, schaurig, das einzige, was halbwegs trinkbar ist, ist *Coor's*, nee, von mexikanischen Bieren bin ich auch nicht begeistert, das *Corona*, was zur Zeit in Mode ist, mag ich nicht, *San Miguel*, obwohl das ja eigentlich spanisches ist, schmeckt nicht, ich hab' in Mexiko immer zu *Bohemian* gegriffen, das fand ich ganz annehmbar, jedenfalls von denen, die da zu Verfügung standen, die französischen sind nix, die belgischen nix, nein, auch nicht *Stella Artois*, auch nicht die holländischen, bah, das *Heineken* mag ich nicht, auch nicht *Amstel*, und die Schweizer mag ich auch nicht, *Cardinal*, nein, schreckliches Bier, also, immer wenn ich in der Schweiz bin, heute ja nicht mehr so oft, aber früher, da war ich ja regelmäßig in der Schweiz, Zürich hauptsächlich, da hab' ich zugesehen, daß ich *Hürlimann* kriegte, das schmeckt halbwegs, deswegen bin ich meist in den *Zeughauskeller* gegangen, zum Essen, weil es da *Hürlimann* gibt, weil ich wußte, da krieg' ich ein *Hürlimann*, der *Zeughauskeller*, das ist ein uriges Lokal mitten im Zentrum, direkt im Bankenviertel am Paradeplatz, Du gehst die Bahnhofstraße runter bis zum Paradeplatz, und dann gleich hinter der Bank Leu links ist der *Zeughauskeller*, ein Keller ist das eigentlich gar nicht, das ist ein großer Saal, mit dicken Säulen, bürgerlicher Küche, so ähnlich wie die Bierhallen in München, nur wesentlich gepflegter, klar, liegt ja auch mitten im Bankenviertel, und die Atmosphäre ist wirklich gemütlich, urig, der ganze Saal ist voller Militaria, da hängen Speere und Lanzen an den Wänden, eine Armbrust aber auch Sturmgewehre, Ordonnanzkarabiner, sogar ein Ordonnanzgewehr Vetterli der Eidgenössischen Waffenfabrik Bern aus den Jahren 1878/81, eine Flak steht da auch rum, ja, das hat schon einen ganz eigenen Charakter, aber der Laden läuft, ab zwölf Uhr mittags ist der Saal proppenvoll, und das Publikum ist international, da triffst Du Franzosen, Japaner, Amerikaner, alles, klar, die Preise sind hoch, exorbitant hoch, für 'n simplen warmen Fleischkäse mit Kartoffelsalat zahlst Du glatt zwanzig Franken, Franken wohlgemerkt, keine Mark, und nullvier *Hürlimann*, kostet mehr als sechs Franken, aber das Bier schmeckt, besonders das Dunkel, und es ist so ein wunderbarer Name, *Hürlimann*, ein schöner Schweizer Name, obwohl sie ja gar nicht mehr schweizerisch sind, ja, die sind nicht mehr selbständig, erst wurden sie mit *Feldschlösschen* fusioniert, und dann hat *Carlsberg Feldschlösschen-Hürlimann* geschluckt, das ist jetzt in dänischer Hand, ja, woher soll ich sowas schon wissen, Zeitung lesen, das steht alles in den Zeitungen, man muß es nur lesen, ja, die guten alten Schweizer Marken sind schon lange nicht mehr in Schweizer Hand, *Tobler* ist auch so 'n Fall, wurde vor zwanzig Jahren oder so von *Suchard* übernommen, kurze Zeit darauf *Suchard* von *Jacobs Kaffee*, und dann nach ein paar Jahren hat Klaus Jacobs sie an *Kraft* verkauft, ja, *Kraft* Käse, doch wirklich, schau mal auf die Packungen, *Toblerone* zum Beispiel, da steht jetzt überall *Kraft Foods* drauf, und weißt Du, wem *Kraft* wiederum gehört, *Kraft* gehört zu *Philip Morris*, ja, aus der Zeitung natürlich, sagt' ich doch, in den Zeitungen steht alles drin, man muß es, wie gesagt, nur lesen, da hab' ich natürlich hier in meinem Kiosk einen unschlagbaren Vorteil, da liegen sie ja alle rum, die Zeitungen, und, wie gesagt, der Kiosk und alles was da rumliegt ist nun mal mein Leben, nicht, was anderes brauche ich nicht, ob Du das nun verstehst oder nicht, Lüder hatte, wie gesagt, ja auch kein Verständnis dafür, für meinen Kiosk, für mein Leben, meine Art zu leben, er hat mich oft genug aufgezogen, aber seine Ratschläge braucht' ich nicht, ich weiß sehr wohl, wie ich zu leben habe und für was ich lebe, das weiß ich sehr wohl, er müsse meine Haltung ja auch nicht teilen, hab' ich Lüder gesagt, jedem das Seine, hab' ich gesagt, lebe er bitte sein

Leben, ich lebte meins, von wegen Bedauern, fragt sich, wer von uns beiden wohl eher zu bedauern ist, ich in meinem Kiosk oder er in seiner Abruf-Klitsche, natürlich, natürlich hat auch Lüder erkannt, daß er sich nicht einfach ziellos treiben lassen konnte, den Regeln des Studiums hat er sich ja auch unterworfen, er hat sein Examen gemacht, er hat studiert, mit dem Ziel, das Examen zu machen, doch, hat er, er war ungeheuer diszipliniert, hat sich selbst fast aufgegeben, nichts anderes unternommen, weder geschrieben noch gemalt noch Musik gemacht oder Sport getrieben, alle seine Aktivitäten von früher hat er sein lassen, er hat nur für sein Studium gelebt, hin und wieder ein Buch gelesen hat er, Tucholskys gesammelte Werke hat er sich einverleibt, Tucholsky war ja selbst Jurist, ja, Doktor der Rechtswissenschaften, Tucholsky mochte er sehr, aber auch den anderen, der Name fällt mir im Moment nicht ein, diese Ulknudel da, Ringelnatz, genau den, den mochte er auch sehr, weil der so herumspann und nur Unfug im Kopf hatte, gleichzeitig aber auch sensibel und zärtlich war, auch ein bewegtes und abenteuerliches Leben führte, das hat den Lüder fasziniert, das denk' ich auch manchmal, im Ernst, Lüder war ein Abenteurer, er gehörte nicht in unsere Welt, ehrlich, aber sein Studium hat ihm ungeheuren Spaß gemacht, er habe nie geglaubt, sagte Lüder mal, daß Jura so interessant sein könne, ungeheuer aufregend sei es, nee, Öffentliches Recht, Verwaltungsrecht, Staatsrecht, das machte ihm am meisten Spaß, das sei nicht so starr wie das Strafrecht, das könne man auslegen, da müsse man Ideen entwickeln, Geschick, im Öffentlichen Recht habe man Gestaltungsspielräume, sagte Lüder, dennoch war er am Ende seines Studiums unzufrieden, jetzt habe er sein Examen, sagte er, aber habe er auch gelebt in all den Jahren, natürlich, Lüder hat während des Studiums einen Teil von sich aufgegeben, er hat sich ganz dem Studium verschrieben, und auf alles andere verzichtet, so war Lüder nun mal, entweder oder, Rauchen könne man auch nur aufgeben, indem man nicht mehr rauche, keine Zigarette

mehr, alles andere seien Scheinlösungen, meinte er, wenn
man sich vornehme, nur zwei Zigaretten am Tag zu rauchen
statt wie bisher zwanzig, dann verführe das nur dazu, auch
noch eine dritte oder vierte zu rauchen, denn gemessen an den
gewohnten zwanzig seien auch vier Zigaretten noch wenig,
nein, man müsse ganz aufhören, ganz und gar, sofort, nicht
eine Zigarette mehr anfassen, einfach nicht mehr anfangen,
dann gehe das auch, und mit dieser Einstellung hat er wohl
auch studiert, entweder oder, sicher, er zwang sich in ein Kor-
sett, er wollte es sich selbst beweisen, daß er auch zu dieser
Art der Arbeit fähig ist, er hat sich ja immer selbst bestätigen
müssen, und er war ein guter Student, er war ein schlechter
Schüler, aber er war ein guter Student, weißt Du, Lüder war
ein höchst eigenständiger Mensch, und er legte darauf immer
größten Wert, auf der Schule bist Du eben immer den Launen
der Lehrer ausgesetzt, die lassen Dir wenig Spielraum, denn
sie wollen ja erziehen, ordnen, würde Lüder sagen, die können
sich einfach nicht vorstellen, daß Schüler eigenständige Menschen mit eigenständiger Persönlichkeit sind, sagte Lüder einmal, alle diese Lehrer glaubten, aus den Schülern erst Persönlichkeiten machen zu müssen, dabei seien die Lehrer selbst
doch am wenigsten Persönlichkeiten, Lüder hat nur einen einzigen Lehrer seinerzeit anerkannt, der einzige, von dem er habe lernen können, der einzige, der ihn als Mensch beeindruckt
habe, kurz nach dem Abitur hat der dann aber Selbstmord
begangen, ja, eines Tages fand man ihn in der Ilmenau, naja,
so Mitte vierzig war er wohl, SPD-Mitglied, Säufer, kam oft
mit knallroter Nase morgens zur Schule, war auch umstritten
bei den Lehrerkollegen und bei den Eltern, aber er war eben
der einzige, der die Schüler auch als Menschen betrachtete
und nicht als Spielmaterial für den eigenen Zynismus, auf der
Uni kannst Du es Dir eben selber einrichten, sicher Du mußt
Prüfungen ablegen, aber wie Du Dir den Stoff dazu aneignest
und wann, ist Dir überlassen, jedenfalls war es damals so, und
das lag dem Lüder natürlich mehr als in der Schule, wo stren-

gere Maßstäbe herrschten, und weil Lüder sie nicht übernahm, nicht übernehmen wollte, war er eben ein schlechter Schüler, und ein schlechter Schüler bleibt ein schlechter Schüler, denn er kriegt von jedem noch einen Tritt mit, naja, Lüder hat eben, ich sagte es ja wohl schon, keine Gedichte gelernt, nein, hat er nicht, hat er abgelehnt, als reine Schikane empfand er das, auch viele Sportübungen hat er nicht mitgemacht, weil sie ihm zu blöde waren, er war der beste Schwimmer in der Klasse, mit Abstand der beste, die Lehrer hätten nicht umhin gekonnt, ihm eine Eins zu geben, aber er machte es ihnen leicht, er lehnte es ab zu tauchen, und er lehnte es ab, vom Sprungbrett zu springen, nicht weil er Angst hatte, er hatte keine Lust dazu, und es war ihm zu doof, auf einen Turm zu steigen, nur um danach herunterzuspringen, da bleibe er doch lieber gleich unten, hat er gesagt, na, und so wurde aus der Eins eben eine Vier, beim Turnen genauso, Turnen haßte er, an den Barren ging er nicht, auch nicht ans Reck, das sei lebensgefährlich, meinte er, auch weigerte er sich, über das Pferd zu springen, ja, Lüder war schon eine sonderbare Marke, eigentlich kann er von Glück sagen, daß er seine Bewerbungen damals nach dem Studium nicht durchgekriegt hat, eigentlich kann er von Glück sagen, daß er in den Journalismus ging, ach was, Karriere, Karriere wollte der Lüder doch gar nicht machen, der und Karriere, so richtig geplant, das gab's für ihn nicht, naja, das Wort hatte einen Beigeschmack, ein Gschmäckle, sagt man hier ja wohl, naja, in den Sechzigern, weißt Du, da durftest Du das Wort ja nicht in den Mund nehmen, da warst Du gleich ein Reaktionär, eine bürgerliche Sau, aber sicher, damals mußtest Du doch die Verhältnisse hinterfragen, ja, hinterfragen, alles wurde hinterfragt und anschließend entlarvt, Dialektik, mein Lieber, Dialektik, das war das Zauberwort, sicher, man hatte sich außerhalb des herrschenden Systems zu stellen und kritisch zu hinterfragen, die Dialektik des Negativen, naja, und wenn Du Karriere machen wolltest, und das gar zu erkennen gabst, dann verhieltest Du Dich ja systemkonform, nicht, Du stelltest nicht in Frage, hinterfragtest nicht, warst eben Anpasser, ein ganz übler Geselle, Anpasser wurden nicht geduldet, Anpasser wurden diffamiert, denn Anpasser unterstützten ja nicht die fortschrittlichen Kräfte, und seitdem hat das Wort Fortschritt ja eine fatale Bedeutung, nicht, naja, eigentlich kennzeichnet Fortschritt ja nur eine Bewegung, ich meine von der Sprachbedeutung her, da ist Fortschritt nichts anderes als eine Bewegung, von A nach B, von Hamburg nach Hannover, mehr nicht, und das Wort sagt eigentlich nichts darüber aus, ob B besser ist als A, Hannover besser als Hamburg, aber seit den Sechzigern hat das Wort eben zusätzlich diesen Gehalt, man verbindet mit Fortschritt immer zugleich auch eine Verbesserung, erst wenn die Bewegung von A nach B auch zugleich eine Verbesserung mit sich bringt, dann spricht man von Fortschritt, genau, der Fortschritt ist eine Schnecke, dies Wort hat ja dieser Schriftsteller geprägt, den Lüder so gern las, aber in diesem berühmten Wort steckt eben auch diese Bedeutung, dieser Literat meint ja nichts anderes, als daß es eben seine Zeit braucht, die Zustände zu verbessern, nein nein, das ist gar nichts Schlimmes, wenn Worte so einen Gehalt bekommen, man muß sich nur darüber im Klaren sein, wenn man sie verwendet, sonst läßt sich Unheil damit anrichten, und auch das Wort Karriere war seinerzeit ideologisch mißbraucht worden, heute kannst Du unbefangen wieder davon reden, ganz im Gegenteil, Karriere zu machen, Geld zu verdienen, möglichst viel, gilt heute doch als schick, natürlich, die Jugend, die Spaßgeneration, genau, redet wieder ganz ungeniert von Karriere, und dem Geldverdienen wird alles untergeordnet, Prinzipien, Haltungen, werden doch über Bord geschmissen, wenn's der Karriere förderlich ist, auch von Eliten wird wieder ganz offen gesprochen, das war ja auch so ein Wort, oijoijoi, das konntest Du in den Sechzigern schon gar nicht in den Mund nehmen, da wärst Du totgeschlagen worden für, alles was den Achtundsechzigern nicht in den Kram paßte, das wurde gleich als elitär gebranntmarkt, und damit war es erledigt, zum Abschuß freigegeben, also Karriere wollte Lüder ganz bestimmt nicht machen, Geld, Macht, Status, das bedeutete ihm nichts, alles was er wollte, war eine Chance, der Rest, davon war er überzeugt, würde sich dann ergeben, und seine Chance erhielt er, denn bei dieser Zeitung da, in Darmstadt oder Wiesbaden, da suchten sie Volontäre, und Lüder war einer von ihnen, einen ganzen Schwung stellten sie damals ein, fünf oder sechs, billigen Nachwuchs, alles Studierte, na klar, das war Ausbeutung, aber sicher, die Volontäre rannten dem Chefredakteur die Bude ein, sie beschwerten sich, weil sich niemand um sie kümmerte, weil sie sich selbst überlassen waren und die Arbeit von Redakteuren verrichteten, natürlich nicht, ausgelacht wurden sie, als sie einen Ausbildungsplan verlangten, selbstbewußt waren sie ja, aber erreicht haben sie natürlich nichts, mit der Holzhammer-Methode, neinnein, Lüder hat sich da rausgehalten, er erkannte seine Chance, und er nutzte sie, natürlich, sie haben ihm vorgeworfen, er lasse sich ausnutzen, ausbeuten, na wenn schon, hat er geantwortet, ihm sei völlig egal wie sie es nennen würden, er wolle lediglich etwas machen, und man ließ ihn machen, aber er trage doch die Verantwortung, rief man ihm zu, er, der sie doch gar nicht zu tragen habe, das sei auch gut so, hat Lüder gesagt, das sei sehr gut so, für das, was er mache, trage er immer Verantwortung, und er trage sie gern, damit machte er sich natürlich zum Außenseiter bei den Volontären, die sahen in ihm den Anpasser, der mit der Chefredaktion gemeinsame Sache mache, Lüder kümmerte das nicht, er ging seinen Weg, er zeigte, was in ihm steckte, und nach wenigen Wochen gab man ihm bereits die Beilage, der verantwortliche Redakteur hatte gekündigt, und Lüder folgte ihm nach, nicht als Redakteur, als Volontär, aber faktisch erledigte er Redakteursaufgaben, natürlich war das nicht korrekt, aber was auf der Welt läuft schon seinen korrekten Gang, ist doch so, oder, wo kein Kläger ist, ist auch kein Richter, Lüder hatte seine Chance, sein Betätigungsfeld, ihm war es egal, ob man ihn ausnutzte, ihm war es egal, wieviel

Geld man ihm bezahlte, und die Chefredaktion hatte die Lükke in der Redaktion gestopft, noch dazu angenehm kostengünstig, beide Seiten waren's zufrieden, also, kein Grund zur Aufregung, oder, Lüder durfte die Beilage frei gestalten, und das war ein gefundenes Fressen für ihn, seine ersten beiden Nummern kamen gut an im Hause, er wurde gelobt, denn er hatte Ideen, und da man ihn gewähren ließ, konnte er sie locker umsetzen, natürlich wurde er beneidet von den Volontären, die immer noch unter der Aufsicht eines Redakteurs standen, zumindest formell, während Lüder frei arbeiten konnte, er hatte sein Spielzeug, und sie wurstelten vor sich hin, lustlos, empört darüber, daß Ausbildung so gut wie nicht stattfand, und Lüder triumphierte, goß sogar noch zusätzlich Öl ins Feuer, das ja schon erheblich brannte, ob sie denn nicht merkten, fragte Lüder, daß sie selbst ihre Ausbildung in die Hand nehmen müßten, ihre Ausbildung werde nur so gut, wie sie selber etwas draus machten, ob sie denn nicht merkten, daß der ganze Laden nur drauf warte, daß sie aus ihrer Situation etwas machten, darauf käme es doch an, etwas zu machen, stattdessen säßen sie herum und warteten, bis ihnen einer sage, was sie zu tun hätten, das sei doch Zeitverschwendung, sagte Lüder, richtig, völlig richtig, genau wie die Leute drüben in der DDR, ja, das drüben kann man sich so schnell nun ja nicht abgewöhnen, und die DDR existiert ja auch immer noch in unseren Köpfen, unser Gehirn arbeitet nun mal nicht so schnell, nicht, was sich da mal festgesetzt hat, ist so schnell nicht wieder rauszukriegen, aber Du weißt ja, was ich meine, also in den neuen Bundesländern die Leute, die haben eine ähnliche Mentalität, ganz recht, die warten auch, machen kaum was selbst, Eigeninitiative geht denen ab, aber was soll man denn auch anderes erwarten, die haben immerhin vierzig Jahre in einem totalitären Regime gelebt, ihnen wurde alles vorgegeben, und sie durften nie vorschnell sein, immer abwarten, kein vorlautes Wort, immer mißtrauisch, das prägt doch, das läßt sich doch nicht so einfach abschütteln, dafür kann man die Leute doch nicht verantwortlich machen, daß sie mit ihren neuen Freiheiten noch nicht richtig umgehen können, oder, darf man das, und was passierte, sie wurden sich vollkommen selbst überlassen, zumindest anfangs, das Kapital strömte in das Land, und nun diktierte das Kapital, und wo es nicht diktierte, da diktierte die Treuhand, also daß die Leute anfangs nicht das richtige Verständnis der Marktwirtschaft entgegenbrachten, das kann man denen doch nicht verdenken, oder, oder kann man es ihnen verdenken, daß sie weiter mißtrauisch sind, da haben sie nun ihren gesamten Staat in die Binsen gejagt, mitsamt seiner menschenverachtenden Bürokratie, und der neue Hausherr hatte auch nichts besseres im Sinn, als ihnen wieder eine Superbehörde vor die Nase zu setzen, das war doch absurd, oder, und diese Treuhand, ja, find' ich auch, welch wunderschöner Name, nicht, die Treuhand kassierte das gesamte Volksvermögen und verscherbelte es anschließend für 'n Appel und 'n Ei, wen kann's da denn wundern, daß da Mißtrauen aufkam gegen die Marktwirtschaft, wen kann's denn wundern, Dich etwa, na also, hab' ich nicht Recht, denn das Schlimme war doch, daß überhaupt keine Chancengleichheit bestand, selbst wenn sie Eigeninitiative ergriffen hatten, und einige wenige hatten es ja, sie hatten doch gar keine Chance, gegen die übermächtige Konkurrenz aus dem Westen, die leckten sich doch die Finger, so schwache Gegner fanden sie doch auf den ganzen Weltmärkten nicht, das war doch das Verheerende, man erwartete marktwirtschaftliches Verhalten und sorgte nicht für gleiche Startbedingungen, für Lüder und seine Volontärskollegen gab es wenigstens noch gleiche Chancen, da kam es wirklich nur auf die Eigenleistung an, alle fanden den gleichen Acker vor, auf dem sie sich betätigen konnten, sicher, er mußte erst gepflügt werden, und keiner hatte Ahnung vom Pflügen, aber darin waren sich eben alle gleich, und Lüder ging immerhin an die Arbeit, er sah, was zu tun war, auch wenn er nicht wußte, wie er es zu tun hatte, er sah es und handelte, tat, was er meinte, tun zu müssen, und während die anderen noch darauf warteten, daß man ihnen das Pflügen beibringe, ging Lüder bereits ans Aussäen und Ernten, und Lüder ging sogar noch weiter, also, ich könnt' Dir da noch Sachen erzählen, Sachen, sag' ich Dir, er hat mir das ja alles mal haarklein auseinandergestzt, über Stunden, Tage, also, ich könnt' Dir da noch so einiges erzählen, so einiges, aber dann würden wir morgen noch miteinander quatschen, und wären dann immer noch nicht fertig, wirklich, naja, gut, dann beschränk' ich mich aber auf das Wesentliche, gelt, und Du mußt mich dann einfach unterbrechen, wenn's Dir zuviel wird, wenn's Dich langweilt oder wenn Du ganz einfach die Schnauze voll hast, okay, also, Lüder hat dann seine beiden Hefte, die er gestaltet hatte, genommen und sie an alle Magazine und Illustrierten des Landes geschickt, mit der Frage, ob er für sie tätig werden könne, und dann bekam er tatsächlich eines Tages einen Brief aus Hamburg, ihnen hätten seine Hefte gefallen, er möge doch mal vorbeikommen, man wolle mit ihm über eine Zusammenarbeit reden, drei Wochen später hatte er seinen Vertrag in den Händen, als Redakteur, aber er hatte sich ausbedungen, sein einjähriges Volontariat erst noch zu Ende machen zu dürfen, alle Achtung, hab' ich gesagt, und Lüder war selbst ganz platt, daß das so reibungslos geklappt hatte, und wenn man ihn fragte, wie er das angestellt habe, so sagte er, das wisse er auch nicht, er habe nichts angestellt, alles habe sich so ergeben, einfach so, na, und von dem Tage an konnten sie ihm in Mainz oder Wiesbaden sowieso alle den Buckel runterrutschen, nicht, daß sich Lüder aufs hohe Roß gesetzt oder auf die faule Kante gelegt hätte, nein, er machte seine Arbeit wie immer, er ließ sich nichts anmerken, aber innerlich war er natürlich erlöst, gelockert, denn als Volontär hatte er ja keine Übernahmegarantie, und dieser Ungewißheit konnte er nun gelassen entgegensehen, denn er hatte sie ja bestens gelöst, ja, und dann bekam er kurz darauf von seiner Zeitung das Angebot, übernommen zu werden, als Redakteur für die Beilage, vorzeitig, man wollte ihm, als Auszeichnung sozusagen, drei Monate seines Volontariats erlassen, und Lüder, ja, Lüder lehnte ab, nein, Du hast Dich nicht verhört, er lehnte ab, ihn reize die Aufgabe sehr, schrieb er dem Chefredakteur, aber in der Ungewißheit, in der Volontäre nun mal arbeiteten, habe er sich bereits einen anderen Arbeitgeber ausgesucht, bei dem er seine Fähigkeiten, wie er meine, besser einsetzen könne, und sei auch mit ihm bereits einig geworden, deshalb müsse er das vertrauensvolle, er schrieb tatsächlich vertrauensvoll, denn Lüder wußte, wie man sich auszudrücken hatte, deshalb müsse er das vertrauensvolle Angebot ablehnen, das schlug hohe Wellen im Haus, denn daß ein Volontär eine vorzeitige Übernahme als Redakteur so mir nichts Dir nichts einfach ablehnte, war bis dato nicht geschehen, in der Regel waren die Volontäre, die vorzeitig übernommen wurden, die Dankbarkeit in Person, nein, man hat Lüder diesen Schritt nicht übelgenommen, das nicht, der Chefredakteur drückte ihm gegenüber sogar seine Hochachtung aus, er ginge die ganze Angelegenheit ja mit einer außergewöhnlichen Souveränität und Loyalität an, denn das Angebot, vorzeitig Redakteur zu werden, hätte Lüder ja nicht unbedingt ausschlagen müssen, das hätte er sicher nicht, sagte Lüder, aber es anzunehmen, sei nicht sein Stil, ja, so war der Lüder, der war schon 'ne sonderbare Marke, und wie Du Dir denken kannst, ging die Geschichte natürlich rum im Haus wie nichts, und die Volontäre amüsierten sich, wie nobel er doch sei, sagten sie, nun schmeiße er dem Verlag auch noch Geld hinterher, erst lasse er sich ausnutzen, verzichte auf Ausbildung, und nun werfe er auch noch sein Geld weg, ihm ginge es nicht um Geld, sagte Lüder, es sei keine Geldfrage, sondern eine Stilfrage, und es sei nun einfach nicht sein Stil, mit jemandem einen Vertrag zu schließen, von dem er vonvornherein wisse, daß er ihn bald wieder kündigen werde, ja, und dann ging er zu dieser Illustrierten, nein, zu dieser Zeit war ich schon aus Hamburg weg, da spielte ich schon für *Hannover 96,* oder immer noch, wie man's will, jedenfalls war der Kontakt mit Lüder schon nicht mehr so eng, aber in Hamburg hat der Lüder erst mitbekommen, wie brutal der Journalismus sein kann, ja Du, ich hab' das auch nicht glauben wollen, aber der Lüder hat mir Sachen berichtet, das glaubst Du nicht, wie gesagt, ich könnt' Dir da noch Geschichten erzählen, ehrlich, da legst Du die Ohren an, aber das sollten wir besser an 'nem anderen Tag vertiefen, nur soviel, dem Lüder fehlte schlechterdings eine Lobby in Hamburg, wenn Du verstehst, was ich meine, ihm fehlten die Beziehungen, die Connections, verstehst Du, das war sein Problem, dafür tat er nichts, dafür hatte er keine Antenne, er ging nicht mit den Kollegen abends einen Bechern, er flirtete nicht mit den Sekretärinnen, er schmiß sich nicht an die Ressortleiter heran, an die wichtigen Leute, die was zu sagen hatten, davon hielt Lüder nichts, dafür hatte er keinen Sinn, von Taktik undsoweiter, da verstand er nichts, ich meine, wenn er zielgerichtet zu den Sekretärinnen der Ressortleiter ins Bett gekrochen wäre, dann hätte er schnell etwas erreichen können, aber solche Mittel schieden für Lüder aus, davon wollte er nichts wissen, natürlich, wo auf der sachlichen Ebene nichts läuft, wo die Leute untereinander zerstritten sind, wo Ranküne und Intrigen herrschen, da hilft nur die persönliche Ebene, und die Ressortleiter schnappten sich denn auch die Sekretärinnen der Chefredakteure, und die Redakteurinnen schnappten sich die Ressortleiter oder noch besser die Chefredakteure oder am besten gleich den Verlagsleiter, was meinst Du, wie schnell die im Geschäft waren, wenn sie mit dem Verlagsleiter geschlafen hatten, natürlich wußte Lüder das, natürlich wußte er, was sich da abspielte, sonst wüßte ich es ja nicht, und wir könnten nicht darüber reden, aber solche Mittel lehnte Lüder ab, da verzichte er eben auf den Erfolg, dann stehe er eben nicht im Blatt, sagte er, zu solchen Mitteln greife er nicht, ja, der Lüder war schon eine sonderbare Marke, anders kann man es ja nun wirklich nicht sagen, aber das war nun seine große Schwäche, er versuchte es immer auf einer sachlichen Ebene, wenn Du verstehst, was ich meine, aber immer, wenn Lüder zum Diskutieren ansetzte, da wehrte der Ressortleiter gleich ab, Lüder solle ihm doch um Gottes Willen nicht mit Argumenten kommen, ja, das war sein Spruch, naja, mit so einem kannst Du eben nicht reden, das ist und bleibt sinnlos, es war eben eine andere Zeit inzwischen, es waren nicht mehr die Sechziger, nicht, in den Sechzigern wurde nun mal viel diskutiert, alles und jedes, hin und zurück, ja, ganz recht, auch totdiskutiert, zu Brei, aber Du mußtest halt immer Argumente haben, und eine Meinung, zu allem und jedem gleich eine Meinung, ja, inzwischen ist das auch wieder anders, Meinungen sind nicht mehr gefragt, Einstellungen, Haltungen, oder Moral gar, alles nicht mehr gefragt, Spaß steht im Vordergrund, Vergnügen, was Spaß macht, ist erlaubt, wird gemacht, das ist der Maßstab der heutigen Zeit, so einfach ist das, da ist doch vor gar nicht mal so langer Zeit, naja, ein paar Jahre mag es schon her sein, da ist so ein Aufsatz erschienen, in der *Zeit* war's, glaub' ich, von einem dieser Schriftsteller, weiß' nicht, wie er heißt, kenn' mich da ja nicht so aus, nein, nicht der, den Lüder so gern las, der nicht, da hat dieser Schriftsteller doch allen Ernstes behauptet, er habe keine Meinung, zu nichts, doch, hat er gesagt, unglaublich was, außerdem sei es höchst zweifelhaft, hat er gesagt, eine Meinung zu haben, denn derjenige, der eine Meinung habe, verbinde damit immer den Anspruch der Rechthaberei, also, das find' ich auch, ich finde auch, daß das ziemlich nach Unfug klingt, der Mensch scheint da Meinung und Urteil ein wenig zu verwechseln, und überhaupt, wenn Menschen keine Meinungen mehr haben oder haben dürfen, worüber sollen Sie dann denn noch reden, in was für einer Zeit leben wir eigentlich, wenn einer, der von sich behauptet, er habe keine Meinung mehr, einen großen Artikel in dem wichtigsten Blatt der Republik veröffentlichen darf, und ich, oder Du, die wir jede Menge Meinungen haben, wir werden nicht abgedruckt, garantiert nicht, und ist es denn etwa keine Meinung, zu behaupten, jeder der eine Meinung sage, verbinde damit auch Rechthaberei, ist das etwa keine Meinung, aber ich sag's ja, diese Schriftsteller, diese Intellektuellen, na, darüber haben wir ja schon gesprochen, naja, jedenfalls waren in der Redaktion da, bei dieser Hamburger Illustrierten, Argumente nicht gefragt, also im Innenverhältnis gewissermaßen, nach außen schon, in den Geschichten, die sie veröffentlichten, da mußten die Redakteure schon argumentieren, eine Begründung entwickeln und vor allem zusehen, daß ihre Behauptungen stichhaltig waren, aber nach innen, im Verhältnis untereinander, da zählte das dann überhaupt nicht mehr, da herrschte das Recht des Stärkeren, das war etwas, was Lüder total verwirrte, was er nicht zusammenbrachte, was er einfach nicht zusammenbrachte, nach außen, sagte er, geben die Journalisten ein so kluges und gescheites Bild ab, und nach innen, unter ihresgleichen, seien es aber die größten Rabauken und Dummköpfe, die man sich vorstellen könne, zeuge das nicht von entsetzlicher Armut, sagte Lüder, wenn jemand einem anderen an den Kopf werfe, er solle ihm nicht mit Argumenten kommen, ja, womit denn sonst, mit dem Hackebeil, naja, für einen wie Lüder war das natürlich schon ein ungewohntes Umfeld, Dummdreistigkeiten hatte er wenig entgegenzusetzen, er schätzte Stil, und auf die Ebene der anderen ließ er sich nicht hinab, das war nicht sein Niveau, Lüder machte so etwas einfach nicht, genau, das hab' ich zum Lüder auch gesagt, wenn ihm einer blöde komme, hab' ich zu Lüder gesagt, müsse er dem nun mal auch blöde kommen, am besten noch blöder, aber Lüder war nun mal anders, seine Einstellung war, es ist mir egal, was die anderen machen, die können gern machen, was sie wollen und wie sie es wollen, ich mach' das deswegen noch lange nicht, verstehst Du, die anderen waren nicht Maßstab für ihn, er selbst war sein Maßstab, sein eigener Maßstab, wie gesagt, er war schon eine sonderbare Marke, ein anderes Mal, also, ich weiß ja nicht, ob Du das noch hören willst, ein anderes Mal erzählte er voller Empörung, daß ein Redakteur auf einer Redaktionskonferenz einen Tobsuchtsanfall bekommen habe, weil die Konferenz es gewagt habe, auch nur einen Hauch des Zweifels seiner Geschichte gegenüber anklingen zu lassen, ja wirklich, der habe sich aufgeführt wie Rumpelstilzchen, hat Lüder gesagt, und sei dann schließlich wutentbrannt, mit hochrotem Kopf aufgestanden und aus dem Raum gegangen, unter lautem Türzuschlagen, ja, lach' nicht, Lüder fand das gar nicht zum Lachen, er fand das Verhalten unerhört, so führe man sich nicht auf, so lasse man sich nicht gehen, sagte er, das sei kein Stil, das sei ein Jammerlappen, genau, hab' ich auch gedacht, ob er sicher sei, hab' ich Lüder gefragt, daß der Mann da nicht eine grandiose Schau abgezogen habe, ob er sicher sei, daß der Mann nicht, kaum daß die Tür hinter ihm krachend zugeschlagen sei, nur so in sich hineingegrinst habe, ob er sicher sei, daß das nur eine spontane Aufregung gewesen sei oder etwa nur eine gespielte, richtig, sich künstlich aufzuregen, hab' ich Lüder gesagt, das sei in manchen Situationen gar nicht schlecht, wenn man das könnte, man dürfe es nur nicht zu oft tun, dann wirke es nicht mehr, dann gelte man als Choleriker, der sich nun mal wieder ein bißchen aufregen müsse, sich aber gleich wieder abrege, tja, wem sagst Du das, für Lüder war das unvorstellbar, er war da eben anders, er war halt 'ne sonderbare Marke, naja, das Traurigste aber kommt noch, das Traurigste war, als dieser Kohl dann Kanzler wurde, das versetzte ihm einen tiefen Schlag, da dachte er zeitweise sogar übers Auswandern nach, im Ernst, er wollte weg aus Deutschland, in die Staaten, nach Maine genauer gesagt, das hatte er sich irgendwie in den Kopf gesetzt, nach Maine, dahin, wo dieser Kriminalschriftsteller ein Häuschen hat, dieser Holländer, komm' nicht auf den Namen jetzt, vor allem, als er die Slogans damals hörte, Leistung müsse sich wieder lohnen, im Grundsatz stimmte er damit überein, inhaltlich meine ich, Lüder war immer der Meinung, daß Leistung zählen müsse, nichts anderes, nichts Persönliches, keine Vetternwirtschaft, aber er konnte nicht mehr so recht dran glauben, nach all' den Erfahrungen, die er da oben in Hamburg machen mußte, an den entscheidenden Stellen säßen merkwürdigerweise immer die größten Pfeifenköppe, sagte Lüder, dumm wie sonst was, von nichts 'ne Ahnung, aber folgenreiche Entscheidungen dürften sie treffen, und das täten sie auch, ohne Skrupel, wie solle da nur Leistung zum Zuge kommen, ja, Du lachst, ich finde das ja auch ein bißchen naiv, aber Lüder war so, der hätte nie leichtfertig eine Entscheidung getroffen, er wollte richtige Entscheidungen treffen, aber dazu mußt Du halt abwägen, und dazu brauchst Du Zeit, nicht, aber die hast Du ja in der Regel nicht, in der Regel mußt Du ja gleich die Entscheidung treffen, ist doch so, oder, hab' ich nicht Recht, ich sag' Dir was, ich halt' das auch für richtig, Entscheidungen müssen zügig getroffen werden, zack-zack, Du meine Güte, was ist denn schon dabei, wenn Du tatsächlich mal die falsche Entscheidung getroffen hast, irren kann sich schließlich jeder, das ist doch menschlich, oder, aber wenn Du immer so lange grübeln willst, bis Du die richtige Entscheidung triffst, dann kommst Du wahrscheinlich gar nicht mehr dazu, sie zu treffen, also, ich mach' es kurz jetzt, irgendwie ist der Lüder dann zu der Erkenntnis gelangt, daß er den falschen Beruf ergriffen hat, wenn Du verstehst, was ich meine, er sei kein Journalist, sagte er mir einmal, Journalist sei er ganz und gar nicht, denn ein Journalist schreibe eigentlich gar nicht, er stelle lediglich Fragen, das sei eben sein Irrtum gewesen, meinte Lüder, daß er geglaubt habe, ein Journalist gebe Antworten, sage, was Sache sei, aber das ließen die Chefredakteure eben nicht zu, ein Kommentar, der eine klare Meinung enthalte, eine klare Antwort gebe, werde nicht gedruckt, weil er als zu einseitig empfunden werde, weißt Du, Lüders Auffassung von Journalismus schloß Stellungnahme mit ein, und er hat das reichlich getan, bis er feststellen mußte, daß das gar nicht erwünscht war, ja sicher, das stellt man sich gemeinhin anders vor, aber das ist gar nicht erwünscht, der Tenor der Geschichte, der wird vorgegeben, und alles andere, die Fakten, die Beispiele, das hat sich dem Tenor unterzuordnen, na, und was nicht reinpaßt, das wird eben weggelassen, und der Tenor, nicht, der richtet sich ja nun nicht nach der Wahrheit, nein, denn es ist ja so, der Verlag will seine Zeitschriften ja verkaufen, und was Du schon fünfmal irgendwo gelesen hast, das willst Du ja nicht ein sechstes Mal lesen, verstehst Du, also, wenn Du Dein Blatt verkaufen willst, dann muß da eben auch was stehen, was anderswo noch nicht stand, dann mußt Du Deine Geschichte so drehen, daß sie neu wirkt, jedenfalls anders, und Lüder hat dann schließlich langsam aber sicher begriffen, daß es, wie sonst auch, nicht um die Wahrheit, nicht um die Einstellung, nicht um die Haltung, sondern schlicht um die Verkäuflichkeit geht, einmal mußte er sich sogar von seinem Chefredakteur vorwerfen lassen, er hätte besser Theologe werden sollen, ehrlich, doch, das kann ich recht kurz machen, wenn Du es unbedingt hören willst, also er hatte da mal einen Kommentar geschrieben, zu einem Konzept eines Unternehmens, ja, die hatten gerade einen neuen Geschäftsführer gekriegt, und der tönte am Anfang ziemlich viel rum, was er alles vorhabe, daß die Mitarbeiter das wichtigste Kapital eines Unternehmens seien und daß er die Kunden in den Mittelpunkt seiner Aktivitäten stellen wolle und was weiß ich noch alles, viele schöne Worte, wie man das als neuer Geschäftsführer halt so tut, aber im gleichen Atemzug hat er etwa fünfzig Stellen gestrichen, und das hat ihm Lüder vorgehalten, sicher, Lüder fand es unverschämt, was der da machte, sinngemäß hat er geschrieben, so etwas tue man nicht, nach außen schön reden und nach innen den harten Besen rauskehren, wer das tue, mache sich unglaubwürdig, na, da mußte Lüder anderntags zum Chefredakteur und sich nun wiederum vorhalten lassen, daß er Unsinn geschrieben habe, ja, Unsinn sagte der Chefredakteur, denn man müsse sich nur einmal die Zahlen des Unternehmens ansehen, dann erkenne man zweifelsfrei, daß es sich um einen schrumpfenden Laden handele, und wenn der langfristig gesichert sein solle, dann bleibe dem Chef nichts anderes übrig als die Kosten zu senken, und Mitarbeiter stellten nun mal immer noch den größten

Kostenblock dar, der neue Geschäftsführer, kriegte Lüder zu hören, habe ganz richtig gehandelt, Lüder hat sich natürlich verteidigt, er habe das alles ja gar nicht bestritten, er habe lediglich moniert, daß der Mann mit gespaltener Zunge rede, aber das hat der Chefredakteur gar nicht akzeptiert, er meinte nur pauschal, statt unqualifizierte Kommentare abzusondern, sollten die Wirtschaftsredakteure besser mehr Mathematik betreiben, das sei viel sinnvoller, aber als Lüder daraufhin sagte, er habe lediglich seine Meinung wiedergegeben, da schrie ihn der Chefredakteur an, er sei nicht dazu da, Meinungen abzugeben, wenn er das wolle, hätte er besser Theologe werden sollen, hat der wirklich gesagt, aber so konnte er dem Lüder natürlich nicht kommen, mit dieser Bemerkung habe er sich als Chefredakteur disqualifiziert, hat Lüder geantwortet, er, Lüder, könne ihn künftig nicht mehr akzeptieren, das brauche er auch gar nicht, hat der Chefredakteur geantwortet, es stehe Lüder jederzeit frei, das Haus zu verlassen, und Lüder ging darauf ein, das werde er auch tun, antwortete er, die schriftliche Kündigung reiche er nach, natürlich war das eine ziemliche Dummheit, aber die beiden hatten sich gegenseitig hochgeschaukelt, und Lüder war nicht einer, der anderen gern das letzte Wort ließ, auch wenn er den Kürzeren zog, und gegenüber dem Chefredakteur konnte er nur den Kürzeren ziehen, natürlich war sich Lüder dessen bewußt, so dumm war er ja nun nicht, aber er stand zu dem, was er sagte, und wenn er etwas Folgenschweres sagte, dann war er auch immer bereit, die Folgen zu tragen, und wenn sie noch so schmerzlich für ihn waren, er gehörte nicht zu denen, die sich erst die Folgen überlegten und danach ihre Handlungen ausrichteten, er sagte, was er für richtig hielt, und wenn das Folgen für ihn hatte, dann war er bereit, sie ohne Murren auf sich zu nehmen, das war für ihn selbstverständlich, ach, weißt Du, er wär' wohl sowieso über kurz oder lang aus dem Journalismus ausgeschieden, dieser Streit mit dem Chefredakteur war wohl nur der auslösende Punkt, müde war er schon länger, seine Herzgeschichte, wie er sie nannte, gab ihm zu denken, Selbstzweifel plagten ihn, und er hatte schlicht andere Vorstellungen von Journalismus, natürlich dauerte es eine Weile, bis er das begriff, aber als er dann erkannte, daß seine Vorstellungen offensichtlich falsch waren, daß Journalismus etwas ganz anderes war als er immer angenommen hatte, daß es in nur ganz geringem Maße aufs Schreiben selbst, in viel größerem Maß aber auf ganz andere Fähigkeiten ankam, da wollte er kein Journalist mehr sein, da wollte er raus aus dem Journalismus, sicher, sicher hätte er versuchen können, das zu ändern, sicher hätte er für seine Auffassung kämpfen können, jeder andere hätte es vielleicht auch getan, Lüder nicht, Lüder war anders, Lüder war kein Kämpfer, und da kam ihm der kleine Disput mit dem Chefredakteur gerade recht, es war der Anlaß, sich von dem endgültig zu trennen, von dem er sich innerlich schon längere Zeit gelöst hatte, und dann raufte er sich natürlich die Haare, weil er die Welt nicht mehr verstand, weil er die Ungerechtigkeiten, die das Leben ja nun mal für uns alle parat hält, nicht mehr begreifen konnte, wieso es geschehen könne, daß sich Dummheit und Dreistigkeit, wie er sie im Journalismus erlebt hatte, so hemmungslos durchsetzen durften, das brachte er nicht zusammen, ist ja auch nicht so einfach zusammenzubringen, aber das Leben ist nun mal so, nicht, es geht nun mal ungerecht zu im Leben, nicht, das ist keine neue Erkenntnis, natürlich nicht, aber wenn es Dich trifft, wenn Du der Leidtragende des schreienden Unrechts bist, oder Dich so fühlst, dann kann es Dich leicht aus der Bahn werfen, zumal wenn Du nicht der Stärkste bist, richtig, das hat Lüder gesagt, wer Glück erfahren wolle, müsse auch Unglück erleiden können, das hat er gesagt, aber weißt Du, zwischen dem bloßen Erkennen und dem tatsächlichen Erleben ist doch noch ein Unterschied, das sind zwei Paar Stiefel, und der Verstand, auch wenn er noch so scharf ist, kann unsere Gefühle nicht ausschalten, der Lüder hätte sich das zehnmal, hundertmal sagen können, natürlich wisse er, daß das Leben ungerecht sei, klar, das wisse er, seinen Schmerz hätte ihm das nicht genommen, naja, ich weiß nicht so recht, vielleicht ist unsere Welt ja gerade deswegen so ungerecht, weil wir die Gefühle dem Verstand nicht völlig unterordnen können, also meiner Meinung nach, ach, siehst Du, es ist doch gut, eine Meinung zu haben, sonst könnten wir gar nicht miteinander reden, hätten gar nicht die ganze Zeit miteinander reden können, also meiner Meinung nach ist es ja vielleicht ganz gut so, daß wir so sind wie wir sind, wenn wir uns nur vom Verstand leiten ließen, würde es vielleicht nicht mehr ungerecht zugehen, dann hätten wir vielleicht ein Übel beseitigt, es aber vielleicht gegen ein anderes eingetauscht, dann wären wir ja keine Menschen mehr, sondern Maschinen, was soll's, wir können eh nichts ändern dran, wir müssen's nehmen wie's ist, aber das genau ist ja der Punkt, ich kann das, Du kannst das, wir wissen, daß sich in dieser Welt Geschwätz Bahn zu schaffen vermag, Anstand, Ehrlichkeit und so was wie Charakter aber auf der Strecke bleiben, wir wissen, daß man mit Unverfrorenheit Erfolg haben kann, wir wissen, daß man nicht die Grammatik beherrschen muß und trotzdem Millionär werden kann, wir wissen das alles und können damit leben, wir können damit leben, weil wir wissen, daß es nicht zu ändern ist, wir wissen, daß es zwecklos ist, aber Lüder nicht, Lüder war anders, im Grunde genommen, ich sagte es schon, war er ein armer Hund, konnte er letztlich denn anderes tun als das, was er tat, konnte er das, er war halt nur konsequent, nicht, konsequent war er, er war schon eine sonderbare Marke, der Lüder, ja.